BURGUNDY

www.editions-jclattes.fr

Mélanie Michaud

BURGUNDY

Roman

JC Lattès

Titre de l'édition originale
BURGUNDY
Publiée par La Mèche,
une division du Groupe d'édition la courte échelle.

Maquette de couverture : Fabrice Petithuguenin
Couverture : Le Petit Atelier
Image bandeau : China Marsot-Wood

ISBN : 978-2-7096-6947-4

Première édition mars 2022.

Les bons mots et le bon manger

Écrire des souhaits au père Noël, des questions aux *Débrouillards*, des graffitis à la bombe sur les murs de briques, des productions écrites mensongères ; j'écris ici la vie que je veux effacer. C'est un peu ironique, mais l'ironie, c'est ce qu'on invente pour ne pas affronter une situation avec acuité et qu'on utilise, avec le sarcasme, pour éviter d'admettre nos imperfections et nos erreurs. Je voudrais effacer la laideur de mon existence, mais c'est là, au centre de tout, comme un gros nez au milieu d'une face.

Je voudrais rayer Burgundy de la carte. Burgundy, coincé entre Saint-Henri et Pointe-Saint-Charles ; étouffé entre sa vanité et sa pauvreté. Un quartier qui sent la merde et où c'est la merde. Un lieu où l'on ne grandit pas vraiment, où l'on reste petit, comme dans le nom. Little Burgundy. Je le dis en anglais parce que *Petite-Bourgogne*, j'aime pas ça. Je dis juste Burgundy comme les grands du quartier, et en le prononçant *beurre-gaine-dzi* comme les francophones du coin.

Mon enfance est un souvenir laid. Semblable à un bibelot hideux qu'on laisse volontairement ensevelir de poussière jusqu'à ne plus le voir. Un affreux Pierrot en céramique tenant entre ses mains une rose affreuse, qu'on n'ose pas jeter puisque c'est un cadeau offert par un parent, affreux lui aussi. Alors, on laisse s'y amonceler les années. Et il devient ainsi presque invisible. Un oubli crasseux. Une vie laide. Pas encore cassée, mais bien camouflée. Le genre de vie pis[1] de babiole que tu montres pas à la visite.

Enfant, je me suis fait marteler des phrases toutes faites, fabriquées pour ne rien dire, apprises comme des mantras et répétées comme des litanies lamentables. Subtilement enfouies dans l'inconscient, ces insignifiantes sentences ont aliéné mon esprit.

« On fait pas toujours ce qu'on veut dans 'vie. »

« Trouve-toi un vrai job. »

« C'est ben beau rêver, mais 'un moment donné, faut c'qui faut, crisse. »

1. Et puis.

« On est né pour un p'tit pain (avec de la margarine). »

« Veux-tu ben rester tranquille. Pis farme-toé don' ! »

« T'es bonne à rien ! Tu f'ras jamais rien d'bon dans 'vie ! »

Des phrases qui deviennent des défaites de losers. Des excuses de paresseux qui empêchent le corps de se tenir debout. Des expressions pessimistes qui font fuir l'espoir, ternissent l'imagination, dissuadent tous les vents créatifs d'entrer dans le cerveau.

Le vocabulaire était aussi pauvre que nous autres. On ne nourrissait pas nos diatribes d'envolées lyriques, de métaphores poétiques ; on ne conjuguait pas au passé simple, pas plus qu'on ne qualifiait nos adjectifs. Aucun membre de ma famille n'a d'éducation ni de diplôme. Le plus haut niveau d'études de tout l'arbre généalogique était détenu par ma mère, avec son trois-quarts de sixième. Elle était la seule à savoir lire et écrire, même qu'elle écrivait en lettres attachées. D'ailleurs, sa calligraphie était sublime. Très jeune, j'ai appris à la copier correctement afin de signer à sa place les mots des professeurs, mes justifications d'absentéisme et les notes des directeurs.

On parlait mal et on mangeait mal. Mal nourrie de partout, j'ai été mal élevée. Comme des patates en promo au supermarché Steinberg. Pauvreté du langage et du ventre, j'aurais mieux aimé manger un dictionnaire en arrière d'la tête. *Si j'aurais eu le dictionnaire, j'serais été moins stuck devant la parlure avec des mots qui se jousent de moi.* Mais non, on n'avait pas ça, des dictionnaires, à la maison, et pour les repas mes parents me gavaient de malbouffe, d'aliments transgéniques et autres poisons testés sur ma génération cobaye. La belle époque où l'on ne savait pas, où l'on ne questionnait rien : « Si ça se vend, c'est que c'est bon ! » Dans ce temps-là, la santé ne préoccupait personne, même le Gouvernement du Manger avait du mal à nous faire avaler son Guide alimentaire canadien. Ma mère fumait dans les allées du supermarché et nous achetait des conserves de Chef Boyardee pis d'Alphaghetti, des céréales Fraisinette, de la mortadelle, du Kam, du Paris Pâté, du ketchup, de la Végétaline pis ben du sucre. Le matin, je m'envoyais des toasts au sucre et je finissais le café sucré de ma mère. Par chance qu'à l'école, on nous servait des biscottes et une briquette de lait.

Lorsque je faisais la fine bouche sur un souper fade, si je ne voulais pas manger une lasagne préparée avec tristesse par ma mère, par exemple, mon père, dans son insignifiante autorité, me beuglait de finir mon assiette. Pas sous peine d'être privée de dessert – parce qu'il n'y en avait jamais, hormis quelques gâteaux Vachon en promo dont l'emballage suffisait à me mener près du coma diabétique. Il me sortait la pathétique excuse : « Compte-toé chanceuse, p'tite ingrate, y a des enfants en Afrique qui ont rien à manger, eux autres ! » À cet homme ignorant que l'Afrique est un continent et raciste au point de trouver que les Noirs méritaient de mourir de faim, je répliquais sauvagement : « Si ces enfants-là mangent pas, les adultes, y ont yinque à partager ! » Ma repartie finissait par manger une taloche.

Mes parents m'ont carencée dès mon plus jeune âge et j'ai été carencée toute ma vie. J'ai souffert d'un manque de vitamines et d'amour. Le manque était partout *anyway*[1] dans Burgundy. Ça ne servait à rien de se plaindre.

---

1. De toute manière.

L'espoir et les frais chiés[1]

Quand je me couchais le soir, pour réussir à rêver, je m'inventais une autre vie. Je regardais le poteau de téléphone par la fenêtre et je m'imaginais à Paris devant la tour Eiffel. J'habitais en France et je parlais en français de France avec la bouche en cul-de-poule. Je me mariais, n'avais pas d'enfants (mais beaucoup d'animaux) et vivais heureuse. Un conte de fées, mais pour de vrai, avec moi au lieu d'une belle princesse. Dans mes rêveries, j'étais très fraîche-pet[2]. Il faut comprendre que pour nous les p'tits crados d'enfants pauvres de Burgundy, on se devait de détester les frais chiés (les mieux nantis) parce qu'ils avaient tout ce qu'on désirait. Leurs vies étaient tellement plus belles que les nôtres,

1. Crâneurs.
2. Pimbêche.

comme une surface en marbre toute polie qui brille. À leurs côtés, notre différence était marquée comme un rond de café sur une surface en mélamine toute crasseuse qui gondole.

La seule façon de me reposer était de fantasmer de telles images. Si je n'inventais pas mes fausses vies, je n'arrivais plus à affronter la mienne. Il me fallait ces répits, ces échappatoires qui me donnaient juste assez d'espoir pour sortir du lit.

Au fond, je voulais don' être une fraîche-pet avec les cheveux blonds, les seins, le rouge à lèvres et les habits de snob pas achetables. Mais fallait pas que je le dise, je devais faire semblant de les haïr et continuer à prétendre qu'ils n'avaient rien de plus que nous autres.

On était une belle bande d'hypocrites.

Mais il n'existait pas que des familles de fous dans Burgundy. J'ai déjà croisé la route d'une famille parfaite. Une brève rencontre qui a changé l'idée que je me faisais du destin familial. L'idée d'un mieux-vivre ne serait plus une idée folle.

Un jour, une nouvelle fillette est arrivée dans le quartier. Elle s'appelait Gabrielle ; un prénom féminin beaucoup trop original pour l'époque des Julie, Karine, Isabelle et Mélanie. D'ailleurs, elle était trop timide pour être du coin. Valsant avec ses longs cheveux bruns jusqu'aux fesses et ses robes propres, Gabrielle était trop belle et trop sage pour se fondre dans son nouveau décor. Cette timidité soignée m'a immédiatement fascinée et je suis allée lui parler.

Entre enfants, se lier d'amitié est si facile. C'est simple : je te dis bonjour, tu me rends la politesse et voilà ! Si, en plus, tu habites à côté, nous devenons meilleures amies, comme si la qualité d'une relation se mesurait à la proximité.

Après la classe de deuxième année[1] B, je me suis invitée à souper chez Gaby, ma nouvelle amie, prétextant que mes parents n'étaient pas à la maison. L'appartement où elle vivait était beau et propre. Les rideaux étaient des tissus vaporeux, les plantes étaient des vraies, les murs étaient peints de couleurs vibrantes, les meubles de bois s'harmonisaient avec l'odeur du bonheur et de la tranquillité d'esprit. La mère de Gabrielle affichait la même beauté que sa fille, mais en plus grande. Rassemblant les traits des belles Gitanes de la Méditerranée, la désinvolture des hippies de la Californie et la tendresse des mamans italiennes, elle m'hypnotisait. Elle ne sortait pas seulement de l'ordinaire, on aurait dit qu'elle sortait directement d'un film en noir et

1. CE1.

blanc et en glamour, ou en brillant comme sur des autocollants. Je veux dire : elle transcendait. À Burgundy, personne ne transcende, hein.

Chez ma nouvelle amie, j'ai pu goûter à de nouveaux aliments, et ça a été une succession de découvertes sensorielles. Une expérience culinaire meilleure qu'au fast-food. J'ai mangé un chop suey rempli de légumes. Ça sonnait chinois, mais ce n'était pas du tout un pâté chinois[1]. J'ai tout bouffé. C'était vraiment trop bon. On aurait dit que je n'avais rien avalé depuis des semaines. Je trouvais ça savoureux, des légumes. Il faut dire que mes connaissances en la matière se limitaient aux carottes et aux patates. La mère de Gabrielle trouvait ça *touchant* (elle voulait sûrement dire *drôle*, elle répétait ça souvent avec un peu de compassion dans le regard ; ou alors c'était peut-être de la pitié ?), elle m'en a servi encore en ajoutant : « On aura autre chose pour les lunchs demain ! » Moi aussi, je trouvais ça *touchant* ! Des lunchs, une autre chose que j'avais jamais mangée. Pendant que je dévorais mon repas, la mère de Gabrielle me posait plein de questions, comme si ma vie l'intéressait. C'était curieux, on aurait dit une détective.

1. Sorte de hachis parmentier avec, entre la purée et la viande hachée, une couche de maïs à la crème.

Après s'être levée de table, Gabrielle devait téléphoner à son père, c'était obligatoire. Je trouvais ça bien *touchant*, leurs manières. Gabrielle m'a expliqué que son père et sa mère venaient de se séparer et que tout le monde continuait de s'aimer et de garder contact. Là, elle m'a perdue. De plus, c'était sa mère qui était partie parce qu'elle avait besoin de liberté, et non pas parce qu'elle se faisait battre. Et à écouter Gabrielle rire et dire des mamours à son « papounet » au téléphone, c'était de toute évidence un gentil monsieur. Le monde à l'envers. Là, je trouvais ça touchant pour de vrai. Je ne voulais plus partir. Je voulais faire partie de cette famille-là, moi aussi. Mais la mère de Gaby ne pouvait pas m'adopter, car son travail ne lui rapportait pas assez. Pourtant, une détective, il me semble...

En tout cas, c'est sûr que c'était ça, son métier, parce qu'une semaine après, elles sont déménagées, disparues. Pouf ! Plus jamais revues...

Les jobs

Je ne voyais pas l'intérêt qu'avaient les professeurs à nous questionner sur les métiers de nos parents, je ne sais pas si c'était pour satisfaire leur égo complaisant ou par curiosité malsaine. Je détestais me faire interroger à ce sujet. Je ne savais jamais quoi répondre, une vérité ou un mensonge étant pareillement confus.

Je n'ai jamais vraiment su ce qu'il faisait dans la vie, mon père. Jamais de façon précise en tout cas. Quelquefois, il peignait le dessous des tables en noir ou quelque chose de même, je ne savais pas trop. Il a souvent travaillé de nuit. Ou juste pas travaillé du tout. Il répétait constamment « Le BS[1], c'est la meilleure misère qu'ils ont inventée pour du monde comme nous autres ! »

1. Sigle de *bien-être social*, équivalent québécois du RMI puis du RSA.

Ma mère, elle, ne travaillait pas. Faut dire qu'elle a toujours mené une vie épuisante. La résilience peut rendre amorphe et ralentir la motivation au boulot. Vivre une dépression en silence peut être harassant et anéantir des ambitions précaires. Même si elle n'avait pas d'emploi, elle était toujours en sueur et à bout de souffle. Elle découpait des coupons dans les prospectus, préparait des repas déficients, et roulait des cennes[1] et des cigarettes, criait après nous autres et nettoyait tout le temps. Des fois, elle priait en sanglotant. D'autres fois, elle s'assoyait pour regarder le vide intensément. Mais au moins, ma mère était là. Physiquement, quelque part, près de nous. Pis ça, c'était cool.

Je me souviens d'un printemps, mon père s'était mis à s'énerver dans la maison, en plein après-midi, déjà saoul. Il n'arrêtait pas de crier en hoquetant « Ils vont couper mon chèque ! Ils vont couper mon chèque ! » Son ton atrabilaire me certifiait que ça n'avait rien à voir avec le bricolage et les ciseaux à bouts ronds.

---

1. « Cenne » ou « cent », unité monétaire pour le dollar canadien. Au Québec, emballer ses piécettes empilées dans un rouleau de papier cartonné est une pratique domestique courante.

Mon père était dans l'impasse ; le Gouvernement du Maintien de la Pauvreté ne voulait plus lui verser d'allocation. Il devait se trouver un job. Ce qui ne s'avérait pas une mince tâche, puisqu'il se réclamait, avec une fierté mal placée, d'une filiation de fainéants, et reconduisait le rêve d'inertie d'une longue lignée de BS. De père en fils, ils s'échangeaient toutes les astuces pour continuellement profiter d'un système laxiste. La loi du moindre effort était un gène qui perdurait de génération en génération et incarnait le feuillage d'un arbre généalogique de losers condamnés.

Deux jours après sa crise de panique, mon père est arrivé à l'heure du souper avec deux boîtes de pizza. Il parlait super fort (mais avec de la joie). Il avait déniché un emploi : videur dans un bar de strip-teaseuses sur le boulevard Saint-Laurent. Ma mère et moi étions perplexes tandis que mon grand frère affichait, comme à l'habitude face à mon père, un désintérêt total. Il m'apparaissait bien évident que, si le but de pratiquer un métier est de se réaliser pleinement, de prendre sa vie en main et de s'accomplir comme individu, alors mon père se plantait sur toute la ligne. Ce n'était pas en devenant videur dans un bar qu'il arriverait à régler ses problèmes d'alcool et d'agressivité ; côté bonne idée, on repassera.

À tout le moins, mon père réglait la question de la pauvreté. On allait avoir davantage d'argent. J'allais peut-être enfin recevoir un jouet du catalogue Distribution aux Consommateurs. Sauf que le job de videur n'a pas duré longtemps : deux mois, le temps d'un été. Il rentrait tous les soirs avec une haleine de cul, la face amochée et sans argent. La bouteille l'attirait trop. Les femmes l'attiraient trop. Les coups de poing l'attiraient trop. Mais pas sa famille ni un gagne-pain. Parfois, il racontait comment il avait cassé le nez d'un gars, il détaillait la façon dont il avait brisé les côtes d'un autre. Il se pensait bien supérieur à décrire ainsi la violence qui faisait de lui un homme. Esti[1] que j'avais honte. Lui, voulant récolter de l'estime et dépasser son idéal, n'inspirait que la gêne et l'humiliation dans mon regard.

Anyway, je le voulais plus, le gadget dans le catalogue DAC.

Mon premier job, à moi : dès huit ans, je ramassais des canettes dans les parcs. Le vieux clodo me faisait de la concurrence. Puisqu'il faisait davantage pitié que moi (il avait même pas de baskets aux pieds), j'ai fini par lui laisser le job. En échange de mes canettes, il me donnait

1. Juron dérivé d'« hostie ».

les chenilles et les coccinelles qui élisaient domicile sur ses vêtements. J'ai aussi vendu des cigarettes un certain temps. J'aimais pas trop ça, moi non plus, le travail. Je le faisais en attendant.

Durant les escapades familiales en voiture, je songeais à mon futur métier. Je m'imaginais peindre les lignes sur les routes et autoroutes. Je croyais candidement que ces travaux étaient exécutés par un vieux petit monsieur qui se promenait avec son bidon et son pinceau et parcourait ainsi le monde en pointillant toutes les routes. Le job idéal : voyager, voir différents paysages, marcher lentement et siffler tout en étant très assidu à la tâche. J'ai été dévastée la journée où j'ai vu, sur un camion, la machine peindre l'autoroute 20. Cette savante technologie mobile a brisé mon affection pour l'asphalte. Je me suis mise à considérer devenir brigadière scolaire[1].

1. Personne responsable de la sécurité des élèves circulant dans les rues près d'une école.

Deuxième année B

À l'automne, j'étais contente de retourner en classe. Ça me faisait passer moins de temps chez nous. En classe, j'arrivais à oublier que j'étais dans Burgundy, que mon école se situait quelque part d'autre que sur la rue des Seigneurs. On aurait dit que j'étais ailleurs, et je pouvais, l'espace de quelques heures, me faire croire que je valais quelque chose, que j'apprenais quelque chose ; qu'ici, j'avais le droit d'aspirer à plus grand. J'aimais renifler l'odeur des cahiers Canada, des pochettes, des gommes et des crayons gris. Ma mère prenait soin de recouvrir mes livres d'école afin de les conserver plus longtemps. C'était vraiment délicat de sa part. En plus, c'était moi qui avais les livres les mieux recouverts ; les autres mères ne s'appliquaient pas autant. C'est donc avec cette étrange fierté matérielle et chaussée de Converse à cinquante sous que j'ai fait mon entrée dans la classe de deuxième année B.

Le professeur, Paul, a commencé en nous criant après, nous intimant de nous asseoir et de la fermer le temps qu'il démêle la feuille des présences. On allait pâtir et travailler, ça se sentait, comme dans les Forces armées, je pense ; je connais pas ça, l'armée, mais j'ai vu *Rambo* pis c'était pas marrant. Je l'aimais pas, ce prof-là, il avait l'air grognon et méchant. L'année précédente, j'avais été chouchoutée et traitée en douceur, pas en GI. De toute évidence, Paul n'appréciait ni les enfants ni son métier, qui consiste principalement à aimer les enfants. Son leitmotiv allait devenir « Faites ce que je dis et non ce que je fais ».

L'incompréhension et l'incrédulité face au monde des adultes qu'on m'a fraîchement servies ce matin d'automne allaient me suivre une bonne partie de ma vie. Je me suis assise sur la petite chaise de bois et j'ai commencé à m'isoler pendant que le reste des élèves se faisait dicter les ordres à suivre.

Paul a lancé ça en grand. Il a sorti sa grande règle de bois et spécifié sa fonction : frapper les enfants. Pas tous, heureusement. Seulement les turbulents, ceux qui n'écoutaient pas pis ceux qu'il n'aimait pas. J'allais faire partie du dernier groupe. J'ai reçu des coups de règle sur les doigts, comme dans l'ancien temps ! Des coups rapides et vifs comme ceux d'un ninja. Je les voyais jamais venir. Des coups sans raison apparente, parce que je parlais ou que j'étais dans la lune ; et, une fois, parce que je ne comprenais pas un problème de mathématiques. Je me suis mise à détester les mathématiques et les règles.

Une fois, monsieur Paul était inexplicablement fou de rage. Cette journée-là, il en avait rien à foutre, mais encore moins que d'habitude. Ça allait mal chez lui, ça allait mal à son job, faque[1] on avait intérêt à le laisser tranquille. « Ouvrez vos cahiers, faites des pages au hasard, au pire, des dessins, mais foutez-moi la paix. » Il a mis les deux pieds sur son bureau et s'est allumé une clope. Un élève a poliment souligné le fait qu'il était interdit de fumer en classe, et le prof grincheux lui a sèchement rétorqué : « Pis toé, t'as pas l'droit d'parler ! » J'étais déchirée entre émettre un rire, un vomi ou un pipi nerveux. J'ai finalement imité le groupe en restant stoïque, mais en remuant les jambes sous le pupitre. J'avais beau aimer colorier, j'ai jamais autant dépassé des traits qu'en deuxième année B. Tous mes dessins avaient l'hésitation dans le crayon et la ligne tremblotante.

1. Alors, du coup. Contraction de « ça fait que ».

Cette classe était un joug. Le Ritalin n'était pas à la mode dans ces années-là, il fallait nous calmer par la peur, la menace et l'autorité ; un cocktail chimiquement puissant et pas si efficace.

Par chance, il y avait Marguerite, une fille assise à mes côtés. Marguerite avait redoublé quelques fois et avait des problèmes de comportement. Elle était vraiment divertissante. Elle se rongeait les ongles d'orteils et recrachait ses rognures partout. C'était dégueu et drôle en même temps. Elle criait souvent des insanités : « pénis, fourrer, gratte-moi l'cul, goûte mon vagin, pogne mes nichons ». C'était malaisant et drôle en même temps. Elle était brave et n'avait pas peur de l'enseignant austère ni des coups de règle. D'ailleurs, une fois, Paul voulait la punir devant toute la classe, mais elle a alors baissé son pantalon et, en nous montrant ses fesses, elle criait : « Aweye, frappe-moi su'l'cul ! J'aime ça, moi, aweye frappe-moi. Ben fort ! » Monsieur Paul s'est exécuté. Marguerite riait en faisant des faces de cochonne.

J'aimais l'école, mais maudit que j'aimais pas ma classe de deuxième année B. J'aurais tellement voulu être dans l'autre classe, la A. Ma mère ne comprenait pas pourquoi je traînais dans mon lit le matin, pourquoi je revêtais cet air piteux et maussade, pourquoi ma petite flamme semblait éteinte. Rien ne me réjouissait, même les autocollants de monsieur Paul étaient laids. Le vendredi, le professeur organisait un tirage rapide d'images de Jésus. Il en donnait toujours une à Mathieu, son évident chouchou. Et l'autre était tirée au sort selon son hasard, selon les noms qu'il décidait de mettre dans la boîte. Je n'ai gagné qu'une seule fois. Une image de la Vierge Marie. C'était peut-être idiot, mais crisse[1] que j'étais contente. Je n'arrêtais pas de la regarder, la Sainte Vierge, j'avais l'impression que dans ses yeux, elle me prenait en pitié.

Ma deuxième année B a été exténuante. J'ai même songé à arrêter l'école, mais j'enviais tellement les grands de sixième que je devais m'y rendre pour avoir, moi aussi, une photo scolaire avec un arrière-plan aux éclairs futuristes.

Dans mon école, des enfants pauvres, il y en avait beaucoup. Les ringards étaient ceux qui avaient des beaux habits pis des lunchs. Mais le Gouvernement des Écoles nous aimait. Chaque matin, il nous donnait une briquette de lait et des petites biscottes. Pour certains enfants, c'était le seul repas de la journée. Des fois, quand je m'étais acheté (ou que j'avais volé) des nouilles ramen, je donnais ma biscotte aux affamés pis je grignotais mes nouilles sèches. Je donnais ma

1. Juron dérivé de « Christ ».

briquette aussi, parce que j'ai toujours trouvé que le lait, ça pue et ça a un goût dégueu, à part si y a du Quick dedans.

Chaque semaine, l'infirmière de l'école passait dans toutes les classes et distribuait à chaque élève un petit sachet métallique contenant du fluor. Suivant ses directives et accompagnant mon groupe, je déchirais le petit sachet et récoltais le joli liquide chimique dans ma bouche. Durant une ou deux minutes, on devait se gargariser. Une fois l'exercice terminé, je recrachais le fluor dans son sachet, je le roulais soigneusement et remettais le tout à l'infirmière. Je n'avais pas le droit d'avaler le produit, mais ça avait le goût de Malabar, faque j'en avalais juste un petit peu quand même, hein, juste pour dire. C'était trop bon : ils avaient juste à inventer du fluor au goût lait tourné s'ils ne voulaient pas qu'on le boive.

Les enfants de Burgundy ont ainsi « bu » du fluor plusieurs années de suite. Jusqu'à ce que d'autres spécialistes disent que c'était du gros poison. Les enfants de Burgundy sont fiers d'avoir été de valeureux cobayes. Y a pas de quoi, Santé Canada ! (Si jamais le Gouvernement du Cancer décide d'incorporer du fluor dans l'eau potable, vous allez vous en rendre compte assez rapidement : ça a le goût de Malabar.)

Production écrite

Avant Noël, j'avais une production écrite à rédiger. J'adorais écrire des histoires. Ça m'apaisait, comme quand ma mère me prêtait sa grosse robe de chambre ; une grande chaleur déposée sur mon petit corps d'enfant qui tremble tout le temps. J'écrivais les histoires que j'aurais aimé me faire raconter. Mon crayon gris (que je n'aiguisais pas trop souvent parce que je préférais quand il laissait des gros traits larges sur les feuilles) me bordait en répandant son plomb brillant sur les lignes bleutées de ma feuille mobile. Je retranscrivais les mots que ma tête me dictait. Les phrases me berçaient, mon corps voulait se balancer d'avant en arrière sur une musique invisible entre deux mots. C'était peut-être un signe de folie ou alors un signe que c'était bon, ce que j'écrivais. J'avais écrit une petite fable d'hiver où mon frère et moi dansions sous les flocons avec nos pas qui chantaient « scouitz, scouitz ». On faisait aussi un bonhomme de neige qui nous regardait patiner, blablabla. Du gros kitsch rose bonbon et bleu bébé, à la sauce *Ciné-cadeau*. Très loin de la réalité où mon frère et moi nous tapions sur la gueule à longueur d'année. Notre jeu préféré, peu importe la saison, c'était de s'embêter jusqu'à se livrer bataille. On s'aimait pareil, on jouait tout le temps ensemble, à se battre. Il ne fallait pas que quelqu'un d'autre me frappe. « Touche pas à ma sœur, mon gros épais ! » était une phrase synonyme d'amour fraternel, souvent suivie de « T'es ben conne d'aller écœurer le gros Tremblay ! ».

Anyway, sans que je le sache, ma production écrite a gagné un concours provincial. Ma mère a reçu une lettre du Gouvernement des Écoles, qui nous invitait à un rassemblement officiellement ennuyeux où j'allais recevoir un prix. Elle m'a forcée à porter une maudite blouse laide aux couleurs pastel. Mon visage écarlate jurait avec mes vêtements. Je n'ai aucun souvenir de cette remise de prix, sauf celui d'avoir été préoccupée toute la soirée par ma tenue vestimentaire. En tant que gagnante, il me semble que je méritais de monter sur scène la tête haute, le pas confiant et les yeux fiers. Mais non, je regardais le plancher, les larmes aux yeux. J'ai peut-être maugréé quelques jurons et poussé la honte en laissant ma mère parler à ma place. Des copies de mon récit ont été affichées partout, dans plusieurs écoles du Québec et dans toutes les classes de mon école. Même dans celle de mon frère. Il était pas trop content, ses camarades le niaisaient : « Ahah ! Il fait des bonhommes de neige avec sa sœur ! Ahah ! Gros bébé ! » Jusqu'à nouvel ordre, mon frère a refusé de marcher à mes côtés sur le chemin de l'école.

J'ai conservé le diplôme reçu : *Le français, une passion qui m'attrape !* J'étais peut-être destinée à aimer écrire des histoires ou bien juste à faire chier ma famille. Allez savoir. Tout ce que je sais, c'est que je ne fais pas beaucoup de fautes d'orthographe et que je déteste le pastel.

La violence

Mon père faisait peur rien qu'à le regarder. La violence lui sortait de la bouche et de chacun des pores de sa peau. Ça dégoulinait sur le lino. Pis ma mère passait la serpillière comme si de rien n'était.

À proprement parler, il n'y a jamais eu de violence physique-physique à la maison. Pas vraiment. Pas pour l'époque en tout cas. Recevoir des claques en arrière de nos têtes désobéissantes ne faisait pas de nous des enfants battus. Des coups de ceinture (communément appelée la strap) n'inquiétaient guère la DPJ[1], pas plus que les tapes sur les fesses ou les menaces n'alarmaient les voisins. « M'en tuer un pour faire peur aux autres » ou « Minque j'te pogne, tu vas brailler pour quek chose », c'était ça, l'autorité parentale.

1. Équivalent de la DDASS.

Les arguments n'étaient pas une manière de dialoguer. Le dialogue n'était pas une manière de parler. Et parler n'était pas une manière de régler des conflits. Je n'avais pas le droit de rouspéter ; en fait, après la menace, si je répliquais, c'était la strap ou la claque. La loi du plus fort et la volée de l'autorité avaient parlé. Et elles avaient assurément le dessus.

Chaque soir, à chacune des cuites de mon père, j'écoutais et j'attendais, le combiné du téléphone en main, prête à composer le 9-1-1[1] afin que l'on m'arrache de cette famille-là. Qu'on m'enferme dans un asile ou qu'on enferme ce fou-là dans une prison. J'attendais toujours le geste de trop, l'acte plus grave. Je n'ai jamais appelé la police. Ma grand-mère, je l'ai appelée, quelques fois, pour qu'elle vienne calmer mes parents et leur souligner l'évidence qu'on ne fait pas ça devant des enfants. Alors, tous les soirs, moi pis ma main sur le téléphone ne faisions qu'attendre dans la tourmente. Je n'ai jamais composé les trois chiffres, mais j'ai tout entendu. Tout. Tout ce qui peut se dire de méchant entre deux adultes. Tout ce qu'un homme pas gentil peut dire à une femme qui endure. Câlisse[2] que

1. Numéro d'urgence. L'équivalent du 112 en France.
2. Juron dérivé de « calice ».

j'en ai entendu, des sacres[1] ! J'ai su prononcer un dur tabarnak[2] avant un doux je t'aime. Mais j'avais pas le droit de sacrer ! « Sacrament ! Arrête de sacrer, ciboire ! » me disciplinait mon père.

Jamais il ne s'est fait arrêter pour ça. Il ne se faisait pas arrêter.

Pas même la fois où il s'en est pris à un adolescent. Le gros Yannick, un peu bêta, il était grand et fort comme un homme, mais n'en deviendrait jamais un. Il avait un retard mental et nous embêtait souvent. À un moment donné, il nous fouettait avec une grande branche qu'il balayait comme un sabre. Ça pinçait et nous lacérait les jarrets. Mon père n'a pas aimé ça. Il a retourné l'arme contre l'agresseur. En arrivant par-derrière, il l'a étranglé avec la branche. Dans la rue, devant tous nos amis, en lui criant : « Tu vas arrêter de faire mal aux p'tits enfants, mon gros tabarnak ! » On avait peur du gros Yannick, mais là, tout le monde, surtout Yannick, avait peur de mon père. C'était devenu lui, le gros bêta.

Mon frère et moi, on ne se plaignait pas de notre sort, car on savait très bien qu'il se vivait pire situation à quelques pâtés de maisons. Chez les Pouliot de la rue Canning, par exemple. Eux,

1. Interjection grossière, blasphématoire.
2. Juron dérivé de « tabernacle ».

ils faisaient pitié. Ils étaient cinq enfants, un plus vieux et les autres, des quadruplés (certains ont murmuré qu'il y aurait eu un sixième illégitime, mais qu'il aurait trépassé avant ou après sa naissance, je sais pas trop, c'est toujours flou, des rumeurs de HLM). La bonne femme est virée folle pis le bonhomme a foutu le camp. Comme plusieurs pères du quartier, qui s'en vont faire une commission et ne reviennent jamais. Pour avoir souvent fouillé dans les poubelles derrière les dépanneurs[1], je n'ai jamais trouvé de morceaux de pères détachés. Faque on ne saura jamais où qu'ils vont ni ce qu'ils deviennent. C'est peut-être une bonne chose. Toujours est-il que la bonne femme Pouliot s'était retrouvée avec tous ses enfants malcommodes. Elle se réveillait le matin avec la strap dans la main pis un café instantané dans l'autre. Des fois, elle reposait sa tasse pour s'allumer une cigarette, mais ne lâchait jamais la ceinture de la journée. C'était une extension de son bras.

Quelques mois après le départ du père biologique, elle s'est mise avec un des voleurs de voitures de Burgundy, Steve ou Carol – un des deux frères, ils avaient la même coupe, celle des bands de l'époque, les cheveux courts

1. Supérettes.

au-dessus et longs en arrière. Pis lui, il aimait ça, battre les enfants. Même que des fois, il en avait pas assez des cinq chez eux, alors il s'en prenait à leurs amis. On s'est pas tenus ben, ben longtemps avec les Pouliot. Steve-ou-Carol m'a déjà agrippée par le collet et jetée dans l'entrée. Juste parce que j'avais sonné pour jouer avec Cathy ; il était trop de bonne heure, ça avait l'air. Il m'a crié : « C'est ça ! Va te plaindre à ton père astheure p'tite brail-larde ! J'ai pas peur de lui, moé ! » L'idée qu'il connaissait mon père et qu'il le bravait ainsi m'effrayait, mais pas autant que l'idée de mon père mangeant une volée par Steve-ou-Carol avec pour conséquence l'humiliation de la famille au complet. Me doutant malgré tout que mon père était plus fort que le sien, j'en ai parlé à personne et je ne suis jamais retournée jouer avec Cathy Pouliot.

Loser née

J'ai toujours eu de la facilité avec les histoires. Les inventées ou les vécues. Même par d'autres que moi. Hormis les cours de français, d'histoire et d'art dramatique, je trouvais le reste de mon emploi du temps inutile et inintéressant. Mon premier cours de biologie en secondaire deux[1] a, quant à lui, été une expérience nuisible à mon cheminement. Il me semble que ce n'était pas nécessaire de nous faire disséquer un œil de bœuf. Je m'interrogeais sur le nombre de bovidés borgnes ou aveugles que cette expérience engendrait. À la même époque, on avait interdit le film *Tueurs nés* aux moins de seize ans. Le Gouvernement de l'Adolescence émettait l'hypothèse d'un lien entre les films violents et la violence chez les jeunes. Il aurait mieux fait d'aller zieuter du côté

1. Quatrième.

des polyvalentes[1] et des cours de bio, parce que foutre une lame de scalpel dans un œil est de loin le geste le plus violent que j'ai commis. Le gros Jonathan avait vomi tellement ça l'avait choqué. Même si j'étais intriguée de savoir comment c'était fait, un œil – un dessin aurait suffi –, j'ai décidé d'imiter les filles de ma classe et de crier que c'était dégueu. Je calquais leurs mimiques avec mes mains qui s'agitaient dans des sens pas naturels ou en fermant les yeux. Je n'ai pas poussé mon imitation jusqu'à me coller derrière un garçon – ça aussi, c'était une de mes limites. Je chopais pas, je pouvais pas faire semblant. Je rebutais les gars comme si j'étais un œil de bœuf sur une plaquette. Je n'ai pas réussi l'exercice du cours de biologie. Je me foutais de la menace d'un échec scolaire comme du beurre sur un steak.

En secondaire quatre[2], dans le cours de sciences physiques, ce n'était guère mieux. Le tableau périodique ne me servait qu'à compléter les mots croisés du *Journal de Montréal* et à faire des jeux de mots pas piqués des vers. J'écrivais au feutre sur les murs de la classe : « Vive le Québec Li Be », « J'aime les Cu Ni, Ta B Ar Na K » et autres trouvailles du moment. À mon humble avis,

1. Collèges.
2. Seconde.

c'était quand même plus mature que de dessiner le *A* d'anarchie. Y a rien de moins anarchiste que de taguer ça sur un mur d'établissement scolaire. J'avais le mérite de me forcer dans mes conneries. Mais le directeur ne pensait pas comme moi. Il pensait seulement au rendement de son école ; aussi capitaliste que tous les bonhommes de l'époque, faque j'étais tout le temps punie. C'était à se demander quissé qui apprend quek chose ici.

Dans le cours de sciences phy, on avait une jeune prof. Elle aurait pu être cool, mais elle manquait d'expérience. Elle a donné, justement, une expérience à faire. Elle nous a distribué un bout de ruban de magnésium qu'il fallait foutre dans une éprouvette remplie d'acide chlorhydrique. La réaction chimique de ces deux choses-là faisait des bulles. La réaction de la classe faisait des wow. Il fallait ensuite récupérer le gaz produit dans une autre éprouvette et l'identifier. On identifiait les sortes de gaz avec un tison. S'il se rallume c'est de l'oxygène (O_2), si la flamme s'éteint c'est du gaz carbonique (CO_2) et si ça fait un « poc » c'est du dihydrogène (H_2). J'étais quand même assez maline pour savoir que le H_2 est un gaz explosif. J'ai pris quelques morceaux de magnésium, j'ai ajouté de l'acide et j'ai soigneusement récupéré le gaz H_2 dans ma bouteille d'eau. Pour un effet plus spectaculaire, j'y ai mélangé un peu d'oxygène de l'éprouvette B. Je savais très bien que ma bouteille Évian contenait maintenant un explosif. Je devais vérifier sa puissance. J'ai approché la flamme de mon briquet de la bouteille et BOUM ! Un esti de boum a résonné partout sur l'étage, et il y a eu une boule de feu momentanée d'au moins deux mètres de diamètre au plafond. J'ai créé ça, moi ! J'ai aussi créé une panique généralisée. Même si mon feu d'artifice n'a duré qu'une fraction de seconde, les gicleurs sont partis, l'alarme d'incendie itou. Les élèves sont sortis des classes en hurlant, pis je me suis retrouvée dans la merde, ça rigolait plus du tout. Personne n'a félicité mon génie. J'ai été exemptée du cours de sciences physiques, suspendue de l'école et j'ai tiré un trait sur un avenir de scientifique ou de pyromane. J'accumulais les échecs en éducation physique, en sciences physiques, bref, tout ce qui était physique. Je n'avais pas le corps à l'ouvrage. La ligne est mince entre être douée et être loser.

La rééducation

Il est venu un moment où mon père avait assez fraternisé avec la pègre, assez fricoté avec la criminalité pour toucher un pactole et nous installer dans une belle maison. Une maison comme dans les rêves. Même s'il était passé par des chemins douteux et avait comploté des trucs louches, j'étais quasiment fière de mon père. Enfin, ses conneries payaient. Il nous avait sortis de la merde. Plus jamais nous ne remettrions les pieds à Burgundy. Révolue, cette époque de pauvreté et de médiocrité. On faisait maintenant partie de la classe moyenne, on s'achetait des affaires, on apprenait à moins sacrer et à pédaler à deux roues. Ce déménagement soudain, en pleine nuit, venait d'augmenter de dix ans mon espérance de vie. Changer de quartier, de code postal et d'indicatif téléphonique, c'était gagner à la loterie de la vie. J'allais maintenant vivre plus longtemps, dans cette banlieue. Je comprends mieux pourquoi, à Sainte-Catherine, les gens se prennent un emprunt sur trente ans. On a plus de temps pour rêver, accumuler ; la mort est moins pressée désormais.

Comparativement aux voisins, on avait du rattrapage à faire pour avoir l'air de vrais banlieusards. Ça paraissait trop qu'on venait pas du coin. Notre façon de vivre ne correspondait pas beaucoup aux standards de Ville de Sainte-Catherine. On devait adopter de nouveaux comportements pour se conformer, en harmonie avec le statut social ; même le gazon autour de la maison avait une réglementation à suivre.

J'hésitais à mentionner tout haut que je trouvais ça con, ces normes et ces codes de vie. Ça me faisait réfléchir. Tous les enfants des environs étaient des frais chiés pis des fraîches-pets. J'allais peut-être enfin connaître c'était comment de vivre comme eux, si ça ressemblait réellement à la vie dans *Degrassi*.

Pour ma première journée dans la nouvelle école, j'ai mis le paquet. J'étais motivée à montrer aux p'tits péteux que j'étais cool. Je me suis habillée en dure à cuire : une petite veste en jean et un bandeau dans les cheveux comme le chanteur de Guns N' Roses. J'allais rocker ma nouvelle vie, j'attaquais de plein fouet les années 90.

En arrivant sur le terrain de l'école, j'ai foutu une volée à tous ceux qui me regardaient de travers ! Je cognais aisément, sans même rencontrer de résistance. Ça m'apparaissait facile d'imposer le respect ici.

Le directeur m'a suspendue une semaine. Personne ne trouvait ça cool. Tout le monde trouvait ça con. Je ne comprenais pas bien. Moi, j'avais appris à me battre pour récolter du respect et des amis. C'était à coups de poing que l'on se taillait une place dans la cour de récré. Pas à Sainte-Catherine, ç'a l'air. Fallait être gentil, normal et beau ; pas comme dans *Degrassi*, plutôt comme dans *Beverly Hills 90210. Fuck.* J'étais passée de fille assez cool en ville à grosse crétine en banlieue. Les élèves n'osaient pas me parler par peur de se faire envoyer chier. Les professeurs n'arrêtaient pas de me donner des retenues et des copies pour impolitesse, insubordination, insolence, indiscipline et autres mots invoqués commençant par *in* auxquels j'étais invariablement indifférente.

Les punitions m'étaient égales parce que j'aimais retranscrire le dictionnaire. À la fin de ma cinquième année[1], j'ai atteint la lettre *F*. Je n'étais malheureusement plus l'intello de la classe,

1. CM2.

j'étais aussi passée d'intelligente en ville à cancre stupide en banlieue. J'avais l'air minable. J'en ai ravalé, des larmes. Me trouver ainsi dévalorisée était un des coups les plus difficiles à encaisser de ma vie. J'avais mal de me sentir marginalisée et idiote. Au lieu de frapper, de gueuler et de rabaisser les autres, je devais remonter à leur niveau. En quelques mois, j'ai dû redoubler d'efforts et d'ardeur pour devenir une jeune fille à l'apparence normale. Il m'a fallu lire une horloge avec des aiguilles, calculer des fractions, jouer de la flûte et ne plus porter de joggings à l'école. J'ai appris à me taire, à me tenir en rang, à lever la main et à ne pas sacrer un mot sur deux. Jésus serait content : maintenant, j'aimais mon prochain.

Mais je n'étais pas des leurs, et tout me trahissait : mon langage, mes habits, mes habitudes, mon comportement, ma délinquance, ma famille ; ces tas de hontes que je traînais dans mon sac à dos tous les matins. Sur mes frêles épaules, mon passé était lourd à porter. Je marchais le dos courbé et la tête baissée.

Ce n'est pas véridique, le dicton *Quand on se compare, on se console,* parce que quand je me comparais, mon estime prenait toute une débarque. Au bout de ces longs mois de réadaptation, à la fin de ma cure de déconstruction, malgré ma fragilité, j'ai réussi à tirer mon épingle du jeu. En sixième, je faisais habilement semblant d'être comme les autres. Grâce à tous les gadgets que mon père m'achetait, j'ai réussi à me faire des amies. Le jour, je jouais tranquille avec elles et le soir, rendue toute seule chez nous, je les imitais. Je parlais comme elles et adoptais leur gestuelle. J'adorais aller souper dans leurs familles. Tout était meilleur, leur bouffe, leur déco, leurs jeux et même leurs frères. C'est véridique, le dicton *L'herbe est toujours plus verte chez le voisin.* Quand je parodiais les banlieusards à notre table en reprenant leurs discours, ça faisait chier mon père. « Papa, me passerais-tu le beurre, s'il vous plaît ? » « Crisse ! C'est d'la margarine ! Quin ! » Au lieu de lui répliquer « Ta yeule » et de manger une claque derrière la tête, je lui répondais : « Belle observation, père ! » Ça le fâchait encore plus et je recevais quand même la claque. Mais moi, ça me faisait du bien d'évoluer, de me savoir meilleure que lui.

Je ne voulais jamais que mes amies viennent jouer chez nous. Même si j'étais la seule à avoir une piscine. J'avais trop honte de leur montrer le vrai portrait de ma vie, d'où je venais et de qui je tenais. Je refusais d'entendre que je ressemblais à mon père. Je préférais paraître riche en paradant avec mes babioles que de montrer la vraie pauvreté de ma vie. Je ne faisais pas partie d'une vraie famille, il n'y avait pas cet amour, cet aspect sain, uni comme dans les autres maisons. Chez nous, tout était dysfonctionnel. Notre mode de vie, nos habitudes, nos façons d'être et de fonctionner en société ; tout faisait de nous des cinglés. Je cachais mon véritable chez-moi et jouais à l'imposteur. Souvent, je faisais attendre mes amies à l'extérieur, mais, même assises dans l'allée, elles entendaient les cris de mon père, l'écho de son air méchant qui résonnait jusqu'au stop de la rue.

Un petit extra avec ça

Mon père a acheté beaucoup de jeux de grattage et de tickets de loto dans sa vie, en nous répétant toujours ce qu'il ferait s'il gagnait le million. Il n'y avait pas de place pour mon rêve de m'acheter d'autres parents ou un kit de dessin Spirographe sur sa liste, aux côtés des voitures, des motos, des gros implants mammaires pour ma mère, des bateaux, des prostituées et autres accessoires prévisibles. On avait déjà assez l'air des Lavigueur[1] de même, esti, je souhaitais fort que le Gouvernement des Dépendances aux Jeux ne fasse jamais gagner mon père. *Anyway*, il a eu plus de chance avec les Hells qu'avec Loto-Québec. L'argent rentrait par je ne sais où.

1. Famille québécoise pauvre devenue multimillionnaire dans les années 1980 grâce à un gros lot et dont les tribulations ont défrayé la chronique.

En plus de s'être acheté une maison de banlieue en banlieue, mon père s'est acheté deux motos, quatre voitures, des bricoles qui servent à rien, une piscine creusée, alouette : il s'était mis à gagner de l'argent en pétant des gueules. Son job, officiellement (pas officiel au sens du fisc), était de casser des gueules. Il était homme de main pour un gang de motards. On est pas mal loin de nos voisins comptables ou vendeurs de Dodge Caravan. Mon père était monté en grade. C'était laid. Il critiquait mes t-shirts de Nirvana. Crisse, ta tête de mort ailée, penses-tu que c'est beau ?

Il me semble que j'aurais mieux gagné à la loterie de la vie si j'étais née dans une famille un peu plus normale. Disons le genre de famille qui a des choses à se raconter à table et qui, elle, a dû manger dessus. Pis qu'ensemble, sur la même table, les adultes et les enfants jouent à des jeux de société. Et rigolent et s'affectionnent jusqu'au dodo. Ça aurait été paisible. Il y a des parents qui font des tableaux de récompenses pour leurs enfants. Genre, ils affichent un calendrier avec des tâches, des rendements scolaires, et, au bout de la semaine, si l'enfant a bien fait, les parents lui donnent de l'argent ou lui accordent une faveur. Chez nous, y avait rien : rien à faire, rien à gagner. Et rien n'empêchait de mériter une claque en arrière de la tête. Mon père voulait qu'on travaille pour de vrai, comme des hommes. Distribuer les journaux, tondre les gazons, déneiger les allées ou au pire garder des gamins. À quatorze ans, l'été, on pouvait, mon grand frère et moi, travailler à l'usine, celle où tous mes oncles travaillaient. Une usine où il fallait recevoir, planer, traiter, peindre, couper, empiler, empaqueter et expédier des planches de bois. Et qui servait également à blanchir de l'argent. Je n'ai pas réussi à garder un de ces jobs-là.

La journée où, en direction du dépanneur, j'hésitais entre faire un hold-up et m'acheter un ticket à gratter, j'ai réalisé que j'augmentais mes chances de mal tourner pis de virer plus pauvre encore. Faque je me suis mise à vendre du shit. C'était facile, j'avais juste à me servir dans la planque de mon père. Je sais pas pourquoi je dis planque, c'était pas super bien caché. Son stock perso, sous son lit, et la plantation, dans le garage. J'allais me servir, tout bonnement.

J'ai traversé le secondaire sans me faire choper. Dans mon livre à moi, c'est plutôt une réussite. Je gagnais en crédibilité auprès des fumeurs de joints et en confiance avec mon attitude de dure. J'ai aussi gagné un premier prix en art dramatique et un autre en éducation sexuelle. Parce que les fantasmes et les illusions sont deux compétences appréciables et récompensables dans la société.

J'ai commencé à m'intéresser au sexe en 93 à peu près. La sexualité était bourrée de tabous. On n'avait pas le droit à la même sexualité, les gars et les filles. Je ne parle pas de l'appareil reproducteur, je la vois bien, la différence. Mais les gars avaient de la liberté et nous, les filles, on était castrées. Les gars se vantaient de se masturber, ils le faisaient à tout vent. Pour nous autres, c'était quasi interdit. Si un·e ami·e apprenait que tu t'étais masturbée la veille devant la série érotique de *Bleu Nuit*, tu pouvais être certaine que ça faisait le tour de l'école pis que tu te faisais traiter de cochonne, de salope, de dégueu… Même si je me moquais des passeuses de doigts, je me masturbais ; comme tout le monde. Je pouvais m'insérer n'importe quoi de moindrement phallique et pas trop gros. Mais ce que je préférais était de me masturber avec le jet de douche. Je choisissais le jet vif et puissant, et je le dirigeais sur mon clitoris. C'était pas long que j'avais un orgasme. La première fois, quand tu perds le contrôle de ton corps ainsi, tu deviens accro. Je prenais beaucoup de douches. Quand mes frères gueulaient que je prenais trop de temps dans la salle de bains, ils pouvaient toujours aller dans l'autre, et je leur expliquais ensuite que mes cheveux prenaient une éternité à rincer.

Au secondaire, toutes les filles avaient des seins. Sauf moi. Mais ça ne me dérangeait pas trop parce que je m'habillais en garçon. En garçon grunge. Pis tant mieux, j'avais l'impression que les gars ne me traitaient pas comme les belles filles et ne me regardaient pas comme ils le faisaient avec elles. Je préférais leur indifférence à leurs propos vulgaires et dégradants. Pis… pour être honnête, je préférais regarder les filles avec eux.

Ça me rappelle une conversation que j'ai entendue entre mon père et un de ses potes de moto. Ils parlaient de strip-teaseuses. Ils en parlaient comme si c'étaient des chiens. Des toutous qui doivent bien t'obéir, sinon aucun problème à les humilier et à les punir. Ils se sentaient légitimes de les traiter ainsi puisqu'elles étaient payées pour se dévêtir. Elles étaient payées pour plaire, faque si Monsieur n'était pas plu, ben il humiliait. Il se vantait d'avoir crié après l'une d'elles. De l'avoir obligée à s'agenouiller, se tourner, s'écarter. Lui lécher les bottes et recevoir des tapes sur les nichons, les fesses. Et semble-t-il que tout le monde riait.

J'ai eu envie de le tuer quand j'ai entendu ça. Je m'étais dit qu'il mentait et qu'il exagérait son histoire (la mythomanie étant après tout une sale vermine dans le milieu criminel) ou qu'il était carrément misogyne (la misogynie étant après tout une sale vermine dans le milieu criminel). L'idée d'être la fille d'un Hells et la fille d'un homme sexiste au dernier degré ne me plaisait pas du tout. Pis chez nous, quand quelque chose ne plaît pas, c'est légitime de frapper et d'humilier ? Pas pour tous les sexes. Ma mère n'a jamais levé la main sur mon père. Je n'avais pas le droit non plus. Bien que je commence à avoir de l'expérience dans le cassage de gueules, mon père me faisait encore peur. La violence psychologique et physique était l'apanage des hommes. Je sais pas si c'était l'époque ou juste une impression créée par mon découragement en général, mais des machos finis, y en avait une chiée.

Peut-être qu'un jour, je devrais partir un groupe de bikeuses. Pis on humilierait des salauds.

Le vendeur d'encyclopédies

Dans les années 80, Internet et son étendu savoir n'existaient pas. J'avais des questionnements existentiels : sont morts comment, les dinosaures ? Comment gros est l'univers ? C'est vrai qu'en l'an 2000, les voitures vont voler ? J'ai vite compris que mes parents n'avaient pas l'éducation suffisante pour rassasier ma curiosité, puisqu'ils étaient aussi pauvres de fortune que de l'intellect. Ils n'avaient jamais d'explications concrètes à m'offrir et préféraient me renvoyer jouer dehors, prétextant mes interrogations idiotes et absurdes. Fort heureusement, j'avais la tête dure (un peu vide, mais dure), et il était hors de question de me coucher aussi bête qu'eux le soir.

À l'été 88, ma tête renfermait les connaissances et l'expérience que me conféraient mes huit ans : pas encore assez. Puis, ça a frappé à la porte. C'était le vendeur d'encyclopédies. Wow ! Quel homme fascinant. Je l'aimais déjà. Bien sapé, il parlait comme un animateur de quiz. Devant lui, et surtout devant le contenu de sa mallette, ma mère et moi, on se sentait connes un peu. Dans sa belle valise, il y avait des encyclopédies. Et dans ces beaux livres, il y avait tout le savoir du monde ! Pour une enfant dont la bibliothèque de mélamine au salon ne contenait que des VHS (classés en Arnold Schwarzenegger, Chuck Norris et Sylvester Stallone), une vieille collection de rondelles[1] de hockey (les Nordiques, les Whalers, les Oilers, les North Stars...) et seulement trois livres (*Des fleurs sur la neige*, *J'ai passé 42 ans en prison* et *Le Livre Guinness des records 1986*), j'avais vite fait le tour de la culture disponible à la maison. Je désirais ardemment ces gros ouvrages à la belle reliure, qui donnent accès à la fameuse culture du général ! Je deviendrais enfin assez intelligente pour... pour faire quelque chose de plus intelligent que tout le monde.

Mais non, ma mère, envahie par son incrédulité et feignant la vanité, a refermé la porte sur le monsieur, ses encyclopédies et mes espoirs.

Je n'ai pas compris pourquoi, la semaine suivante, ma mère a acheté les couteaux mal affûtés d'un colporteur mal venu. Son sens des priorités n'était vraiment pas aiguisé.

1. Palets.

À moi pour toujours

Quand le magasin d'usine de gâteaux Vachon a fermé, il n'y avait plus qu'un endroit qui était cool dans Burgundy. Sur la rue Vinet, où les grands faisaient du skate sur du béton à volonté et sur des petites rampes bricolées avec de l'aggloméré, le paradis se tenait tout droit là : la bibliothèque. Je ne savais même pas qu'un tel endroit existait. J'allais fouiner dans les rangées, je pouvais m'asseoir en Indien pis tourner des pages et des pages. Il y avait trois-quatre rangées de livres pour adultes (dans le sens de livres barbants, pas de livres cochons) et deux rangées pour enfants. Je n'ai jamais eu besoin de carte de membre. *Anyway*, je n'aurais jamais rapporté les livres. Pas que je sois une voleuse, non, simplement parce que je les aurais gardés ; je me connais : j'ai neuf ans pis j'suis pas fiable. Alors, je consultais sur place. Souvent, j'apportais des feuilles blanches et je recopiais des pages de livres. C'était facile, je mettais ma feuille par-dessus la page et je retraçais les lettres visibles à travers ma feuille vierge. Si Gutenberg n'avait pas existé, c'est moi qui aurais inventé l'imprimante. J'avais la patience pour m'instruire. Mais au bout d'un moment, je commençais à être bien blasée de calquer chaque page. Il y avait bien trop de contenu qui m'intéressait. Il y avait bien trop de piles de livres qui s'accumulaient dans mon petit coin caché de la bibliothèque. J'ai pas eu le choix : j'ai volé les livres. C'était pour mon bien. La madame de la bibliothèque, la bibliothécaire, n'avait pas l'air de s'en formaliser. Elle disait rien. Je sais pas si elle me voyait, mais, me connaissant, je devais être aussi subtile que ma moustache de jus de raisin.

Au fil des années, le vol de livres était devenu ma spécialité. Rendue au secondaire, j'avais des étagères bien garnies. Je pouvais faire ma fraîche si je voulais et, surtout, je pouvais m'évader. Je passais des week-ends à lire, enfermée dans ma chambre. Quand la collection de livres « Frissons » est sortie, je dévorais chaque intrigue d'un trait. *La Gardienne, Qui est à l'appareil ?, La Fenêtre...* Ces ouvrages, par contre, je devais les voler à la librairie. C'était plus difficile, mais j'avais déjà ma phrase toute prête si je me faisais prendre : « Je suis désolée, j'aime vraiment lire des livres, mais chez nous, on est trop pauvres. Mes parents n'ont pas les moyens de m'éduquer ni de m'acheter des livres. Pis si mon père apprend que j'ai volé, il va me battre. Les livres, c'est la seule paix que j'ai. Je suis désolée. *pleurs*. » On peut dire que j'avais la main chanceuse, dans le sens que personne ne m'a jamais pris la main dans le sac.

À la polyvalente, il y avait vraiment une belle bibliothèque. Voler des livres là, c'était super facile. J'y allais le midi, je m'installais à une table, avec une pile de livres, je lisais, faisais semblant de travailler une recherche, genre. Et quand la cloche sonnait et que tout le monde partait en même temps, je foutais les livres dans mon sac à dos, pis le camp par la porte. À cette époque, le Gouvernement de la Surveillance n'avait pas encore la technologie, les caméras, les détecteurs ; tout ça n'existait pas.

Quelques planches de l'usine posées sur des caisses de bières me servaient de bibliothèque personnelle et se garnissaient en abondance chaque mois : la collection complète des œuvres de Shakespeare, des biographies de vedettes de rock ou de meurtriers en série, *Moi, Christiane F., 13 ans, droguée, prostituée…*, *Bonheur d'occasion*, *Mes premières fois*, *Trainspotting*, *L'existentialisme est un humanisme*, les classiques de la courte échelle, et du Michel Tremblay. J'ai été tellement renversée quand j'ai lu Michel Tremblay.

Tout d'abord, c'est du théâtre, faque c'est pas écrit comme un vrai livre. Y a des dialogues : des personnes qui parlent et des didascalies : ce qu'ils font en italique. Ce qui est fascinant, c'est que les personnages de Michel Tremblay, ils parlent comme nous, ben comme moi, ben comme les gens moins frais chiés, mettons. Je savais pas du tout qu'on avait le droit d'écrire comme ça. Je trouvais ça beau de nous voir dans des livres ! Je pleurais souvent en lisant *À toi, pour toujours, ta Marie-Lou*. Je savais pas que les gens ordinaires pouvaient être dans un livre. Je savais pas qu'on faisait des belles histoires. Faut vraiment que tout le monde lise du Tremblay, on nous jugerait moins. Faudrait que tous les pauvres puissent lire du Tremblay gratuitement, pis que les riches en achètent. Faudrait que le Gouvernement du Lisage rende ça obligatoire et déductible d'impôts.

Après mes années au secondaire, j'avais vraiment accumulé beaucoup de bouquins. J'aurais quasiment pu en prêter moi-même, mais comme mes livres avaient encore le tampon de la bibliothèque et leur petite enveloppe, je serais passée pour une esti de voleuse. Je sais bien que c'était un peu ce que j'étais, une voleuse, mais une voleuse bienveillante avec un potentiel d'éducation. La nuance me semblait faire toute une différence. Mon père pis son gang, eux, ont jamais volé de livres.

Les vols

Chaque année, à Burgundy, on se faisait cambrioler. Chaque année, ou presque, on déménageait au prochain coin de rue. On déplaçait le problème. On déplaçait la famille, mais toujours dans Burgundy. Et les vols se répétaient. Au début, déménager me donnait l'impression de recommencer une autre vie. Une chance de repartir s'offrait à nous. Je voyais ça comme un nouveau départ et, les doigts croisés, j'espérais une délivrance. Mais ça ne durait pas. La crasse remontait vite à la surface. Je déchantais assez rapidement. Peu importe le coin de rue, la laideur reprenait ses aises et revenait m'étouffer.

Avant d'aller au lit, je n'avais pas peur des monstres, comme la majorité des enfants. Ma plus grande peur a toujours été celle des voleurs. Chacune de leurs intrusions m'a laissé un traumatisme. On a déjà subi une entrée par effraction en pleine nuit, pendant qu'on dormait paisiblement. Deux cambrioleurs ont pénétré dans notre logement. Leurs pas, plus lourds que les bruits nocturnes habituels, ont éveillé les soupçons de mon père. En ouvrant ses yeux, mon père a remarqué qu'il y avait une panne d'électricité et que des intrus s'étaient introduits chez nous. Ni une ni deux, mon père s'est levé d'un bond en sacrant. Il a saisi une épée décorative accrochée au mur et menacé les voleurs : « M'as vous tuer mes sacraments ! Mes osties, crissez vot' camp avant que j'vous pogne ! » Il nous criait aussi, sur le même ton alarmiste : « Cachez-vous les enfants ! Ayez pas peur, cachez-vous ! »

« Ayez pas peur », oui. La peur de ma vie. J'essayais de pleurer en silence, mais mon corps de fillette hoquetait, secoué de spasmes. Bêtement cachée derrière ma porte de chambre, je chuchotais tant bien que mal des incompréhensibles et douloureux « Maman ? ». Elle aussi s'était cachée derrière la porte de sa chambre, qui faisait face à la mienne. Elle pouvait ainsi, derrière les portes, derrière les sanglots et derrière sa propre frayeur, me rassurer : « Ça va aller ma petite, chhhhhhhutttttttt. » Nos échanges murmurés comme des prières subsistaient ; couverts par des bruits d'objets qui se fracassaient, des hurlements, des pas de course et des chutes. Dans le noir total. Je ne pouvais plus bouger, mes seuls mouvements étaient d'incontrôlables soubresauts et halètements. Je voulais être dans les bras de ma mère, je voulais me sentir à l'abri et protégée. D'autant plus que j'avais peur pour mon père, qui se battait à l'aveuglette pour sa survie et la nôtre. Je souhaitais qu'il l'emporte. Je désirais que, pour une fois, sa violence serve à quelque chose, je voulais enfin qu'elle gagne.

Au bout de minutes interminables, mon père est revenu près de nous, essoufflé. « Ça va aller, c'est fini. » Mon père était le plus fort. Il avait réussi à donner toute une frousse aux cambrioleurs, qui ont fui par une petite fenêtre à côté de la chambre de mon frère. Quand le courant a été rétabli, j'ai constaté que cette mésaventure n'avait pas causé que des dégâts dans mon esprit : la maison était sens dessus dessous, et des objets brisés gisaient par terre comme ma confiance émiettée. Des murs étaient défoncés et du sang dégoulinait près de la fenêtre par où s'étaient évadés les voleurs. Mon père avait-il tué ces bandits ? Cette idée m'effrayait considérablement. « Sont où les crisse de voleurs ? Sont-tu morts ? T'es as-tu tués ? J'veux pas que tu soueilles un tueur ! » « C'est pas mon sang ça, je l'sais que j'les ai limés un peu pendant qu'ils essayaient de se sauver, genre les bras ou j'sais pas trop. J'aurais voulu les tuer, les osties ! » Cette nuit-là, on n'a pas dormi. Mon père voulait pas que j'appelle la police. Pendant que mes parents nettoyaient l'appartement et arrangeaient la suite des choses, mon frère et moi sommes restés dans leur grand lit deux places à nous consoler et à nous créer des scénarios pour savoir comment réagir la prochaine fois.

La prochaine fois, on ne l'a pas vue venir. En rentrant du Forum de Montréal, où s'affrontaient les Canadiens et les Nordiques, on a constaté, dès qu'on y a mis les pieds, que l'appartement avait été dévalisé. Les voleurs l'avaient tellement vidé que, quand j'ai crié, il y a eu un écho. Ils avaient tout pris : le matériel électronique (télé, radio, VHS...), les collections de rondelles et de films, les vêtements, même la bouffe dans le frigo. Apeurée, je suis entrée dans ma chambre sans faire ni une ni deux. Mon Calinours éventré au sol témoignait de l'odieux. Les voleurs avaient pillé mes affaires de petite fille : mes médailles de participations sportives, ma tirelire, mon royaume de Pouliche. Et ils avaient cassé ma lampe Fraisinette. Le monde était devenu cruel, méchant et dangereux. Il fallait être sadique pour dépouiller ainsi une famille. J'étais déboussolée et tellement attristée.

Il me fallait un héros, un vrai, pour remettre de l'ordre dans ce chaos. Je ne connaissais pas le numéro de Batman, alors je me suis rabattue sur le 9-1-1. J'ai fait fi des appréhensions de mon paternel et je me suis souvenue, à la maternelle, d'avoir appris qu'en cas de détresse, je pouvais appeler la police en toute confiance. J'avais besoin de gentils. J'ai donc composé les trois chiffres interdits. Quand j'ai passé le combiné à mes parents, « Papa, la police, elle veut te parler », on m'a retourné le plus assassin des regards.

Il fallait pas appeler la police, c'est mon père qui devait se charger de ces choses-là, m'a-t-il répété. J'avais pas le droit de l'aimer, la police, je pense ; mon père disait que c'étaient tous des enfants de chiennes (des poulets, des bœufs, des cochons, je connaissais, mais des chiots ?!). Malhabile, il m'expliquait, en me grondant froidement, qu'on résolvait nos crimes tout seuls, qu'on avait des affaires à cacher. « Quoi ? Quelles affaires ? Crisse, il reste pus rien ! » Mon innocence a disparu cette soirée-là, elle m'avait été enlevée avec mes biens. J'ai compris que ma famille était du côté des pas gentils, j'étais membre d'un clan de magouilleurs. J'étais pas fière. J'étais traumatisée. Pis j'étais encore plus pauvre.

Tous ces vols ont eu tôt fait de me rendre paranoïaque. Dorénavant, toutes les fenêtres de nos domiciles étaient munies de grillages. De ma vitre, j'étais en prison pour me protéger des voleurs qui, eux, ne l'étaient pas. Les cambriolages étant devenus ma phobie, et ne pouvant les éviter puisqu'ils faisaient partie de notre quotidien à Burgundy, je devais me prémunir. Je devais combattre le crime par le crime – j'ai appris vite les rudiments de mon père. Aidée par mon frère, je me fabriquais des armes : des étoiles de ninja, des couteaux affilés, des petites fioles de peroxyde, du fil de pêche, des rilsans, un lance-pierres, des nunchakus et une vieille lame de patin rouillée. Mon frère mettait précautionneusement les siennes dans un vieux coffre en bois ayant appartenu à mon oncle suicidé (je ne l'ai jamais connu, il s'était jeté du haut d'un pylône avant ma naissance). Je ne trouvais pas ça pratique comme rangement puisque le coffre était verrouillé. Mon frère perdrait de précieuses secondes avant de pouvoir utiliser une arme contre un malfaiteur. Mes armes, moi, je les cachais sous mon oreiller ; comme mes dents de lait à l'attention de la fée des dents[1], sauf que là, c'était dans l'intention de casser les dents des voleurs.

Aujourd'hui, s'il m'arrive de dormir seule, de croiser un homme louche en promenant le chien

1. Équivalent de la Petite Souris au Québec.

le soir ou simplement si j'ai écouté un film d'horreur, je glisse encore un couteau sous mon oreiller. Je ne peux m'endormir sinon. Les concepts de peur et de sécurité sont éparpillés étrangement dans ma tête. Il me faut la tranquillité d'une fine pointe d'arme blanche pour me permettre de rêver. Une pointe de violence pour m'apaiser. Un moyen offensif pour défendre mon sommeil inoffensif.

La loi du plus fort

La peur a fait un 180 degrés quand nous sommes allés habiter en banlieue. À Sainte-Catherine, c'était de nous que les gens avaient peur. Ça nous donnait une certaine stature, un genre de gabarit sculpté un peu tout de travers. Crisse que c'était gênant quand on me demandait j'étais la fille de qui. Je ne voulais pas qu'on ait peur de moi, hormis quand ça m'arrangeait. Je mentais souvent aux adultes, aux parents des autres, je leur disais que je m'appelais Mélanie Milano. Ça faisait italien et chic. Ils avaient le droit de sous-entendre que j'avais de la famille dans la mafia, mais je sais pas pourquoi, ça sonnait plus classe que fille de Hells. C'est peut-être à cause des pâtes. Tout le monde aime ça, les pâtes.

Un mercredi midi, à la cafétéria, pendant que j'étais en train de passer subtilement avec mon déjeuner sans payer, deux petites filles m'ont accostée. Je dis « petites », mais j'aurais pu dire « les deux minus de mon cours de français ». Elles m'ont raconté que Geneviève la grande gigue arrêtait pas de les emmerder. Y en a une qui retenait ses larmes et me disait que la grande échalote lui avait volé son sac et refusait obstinément de le lui rendre. « Y avait toutes mes affaires dedans. Même mes clés. Pis ma mère est vraiment fâchée. » Moi aussi, j'étais tellement fâchée, sûrement plus que sa mère. Devant leurs regards implorant quelque chose de ma part, j'ai répondu : « Ben tabarnak. Je m'en occupe ! » Je savais que la grande conne se tenait avec les filles bourges et cool pas loin des casiers. Je suis arrivée devant leur bande de conasses : « Hey toé ! Toé ma grande tabarnak, viens icitte ! » « Quessé tu veux, Michaud ? » « T'aimes ça taxer des kids, toé ? » Et je lui ai jamais laissé le temps de répondre, parce que 1 – ça n'aurait certainement pas été pertinent et 2 – je lui pétais les dents. J'ai aligné trois coups de poing sur sa belle face, en amuse-gueule. Elle était penchée à se tenir le nez en sang quand je lui ai servi le deuxième service : un bon coup de coude dans le dos qui l'a projetée à plat ventre. Et comme plat de résistance, il suffisait de donner des coups de pied jusqu'à ce que quelqu'un intervienne. Ses amies ont gelé sur place. Deux surveillants sont arrivés. J'ai lâché la grande légumineuse. « Je vais pas vous suivre tant que j'ai pas le stock qu'elle a volé », ai-je averti les surveillants. Une des cool nous a guidés jusqu'au casier qu'elle partageait avec la grande amochée et a remis ce qui appartenait aux nerds. J'avais la satisfaction du devoir accompli. J'imagine que Robin des Bois devait se sentir un peu comme ça. Cette nuit-là, même si j'étais fière d'avoir pété la gueule à la grande méchante, je me suis couchée avec le cœur qui battait bien trop vite. J'avais peur de moi. Pis j'avais peur que les cool s'organisent avec les caïds et que je me fasse battre quand je retournerais à l'école après ma suspension, la semaine suivante.

Je n'ai pas raconté l'anecdote à mes parents, mais je suis sûre qu'ils auraient été fiers. Pourtant, je ne leur racontais rien de ce qui se passait à l'école. Rien. J'ai toujours signé à la place de ma mère. Ils n'étaient au courant de rien. Quand j'ai été suspendue, j'en ai profité pour traîner. Ma mère était en train de travailler à l'usine. Mon père n'était pas debout avant trois heures de l'après-midi et il dormait bien dur avec des bouchons dans les oreilles. J'étais libre en masse. Dans ces moments-là, c'était correct d'être négligée.

Des modèles sans garanties

Burgundy n'était pas seulement recouvert d'asphalte, peuplé d'immeubles bruns et de bâtiments gris. Il n'y avait pas que du terne, du fade et du sans goût. Dissimulée ici et là, une faune colorée existait. Des personnages hauts en couleur ont marqué mon enfance. Des gens qui ont simplement passé comme ça, en coup de vent, mais qui ont laissé un souvenir indélébile. Une sérendipité à la manière d'un road trip où l'excitant de l'aventure, c'est les pauses-chiottes aux abords de la route.

Mon père avait un ami qui s'appelait Dédé. Il était assez jeune, dans la vingtaine à l'époque, et accro à la coke. Il passait chez nous tard le soir quand je dormais et, avec mon père, il veillait sur le balcon. Dédé, petit maigrelet nerveux conformément à sa consommation excessive, consommait aussi beaucoup de films. Féru de cinéma en tout genre, il venait emprunter des films à mon père. Mon paternel a toujours eu le câble, quitte à nous faire manger du Paris Pâté pour pouvoir le payer. Il préférait mettre une croix sur les légumes que sur son abonnement à Super Écran ; pour lui, un régal se définissait par un sac de chips devant un film. Avec son lecteur VHS, mon père enregistrait tous les films qui défilaient, les films d'action surtout, mais aussi les films de fesses et, quelquefois, les films pour enfants. Sympa, le père. Dédé, lui, payait sa poudre au lieu de se payer le câble ou des locations au vidéoclub. Il économisait en empruntant les cassettes chez nous, au pire ça lui coûtait un brin de jasette ponctué de gros sacres.

Des années plus tard, quand nous avons quitté Burgundy pour de bon, mon père a eu des nouvelles de Dédé. Il était demeuré cocaïnomane, mais n'était plus un homme. Il avait subi des opérations qui l'avaient radicalement transformé en femme. Debby. Dorénavant, elle s'appelait Debby. « Pis pour toé, c'est Dolby, Dolby Surround », avait-elle dit à mon père. Mon père, ayant un problème avec la sexualité marginale et hors de ses normes pornographiques et machistes, a cessé de lui parler. Par peur, dégoût ou tentation déroutante, il n'a plus jamais prêté de films à quiconque. De toute façon, les gens étaient passés au DVD.

Jocelyn, un autre excentrique, et un cousin de mon père, consommait aussi beaucoup de drogue (c'est un consensus : le côté de mon père souffre beaucoup de dépendance aux psychotropes). Jocelyn était le plus bourrin, il se piquait à l'héroïne. Ça me faisait flipper, il se shootait direct dans les veines ! Faut dire que durant les années 80, l'héroïne a fait beaucoup de ravages, c'était la drogue dure à la mode. Parallèlement à ce fléau, une nouvelle maladie tuait les gens par milliers, le sida. Jocelyn a précipité sa malchance en devenant un héroïnomane sidéen. Sa dépendance à l'héro l'avait habitué à adopter des comportements à risque. Il s'injectait plusieurs fois par jour, avec la même seringue qu'il partageait avec d'autres gars louches dans les arrière-cours. Arriva ce qui devait arriver : la miséricorde lui a asséné la terrible maladie. Mais Jocelyn s'en foutait. Je pense qu'il courait après la mort depuis son enfance ; tant mieux si la fin arrivait plus vite.

Malgré le syndrome d'immunodéficience acquise, il reconduisait le partage de ses aiguilles, sans se soucier de sa santé ni de celle des autres, le trip en valant la chandelle. Il la brûlait par les deux bouts *anyway*. Il continuait allègrement à coucher avec les prostituées, mais tellement en manque et affamé que le port de la capote n'était même pas une idée à effleurer. Il partageait généreusement sa fatalité avec les autres tout paumés comme lui. À un moment donné, la chance lui a fait un timide sourire et la providence lui a accordé une grâce : il a gagné cent mille dollars à la loterie. Mais au lieu de se repentir, de filer dans le droit chemin, de clore ses beaux jours avec un happy-end, il a dépensé son gain en davantage d'héroïne et plus de putes. Mais sans s'acheter de nouvelles seringues ni de capotes. À lui seul, Jocelyn a contribué à faire croître le sida au Québec. Maudit crétin. La mort a enfin mis un terme à ses déboires. Mais le sida se répandait quand même. Le nombre de prostituées qui couchaient sans protection pour quelques dollars de plus, le nombre d'héroïnomanes trop étourdis pour s'injecter proprement s'alourdissait. Jocelyn était un maillon de cette lourde chaîne.

J'ai aussi brièvement connu Linda. Un vent de fraîcheur. Une femme dans la jeune trentaine, mais qui paraissait dix ans de plus. Elle avait déménagé dans l'appartement voisin du nôtre, à l'automne 89. Elle était très joviale (ou surexcitée, c'est selon). Elle parlait souvent fort et d'une voix haut perchée, mais avec un ton content. Toutes les journées semblaient une fête pour elle.

Quand elle ne portait pas son uniforme d'aide-soignante, elle portait des chemises transparentes ou des tops en paillettes. Sa coque donnait l'air de se crêper directement d'une prise de 120 volts. Son visage se maquillait aux couleurs de l'arc-en-ciel. Cette femme était une boule disco, sublime à sa manière.

Elle vivait seule et répétait sans gêne que les hommes étaient un paquet d'ennuis. Elle travaillait, fière de son indépendance, et ne voulait rien savoir du contrôle des hommes. Linda me fascinait. Certains soirs, je faisais exprès de la croiser dans l'entrée. Elle me donnait des bisous, du maquillage, des piécettes ou des cigarettes. Pis des fois, on chantait des hits de Madonna ou de Cyndi Lauper. Évidemment, mon père ne voulait pas que je lui parle, il la traitait de guédaille[1]. Pourtant, elle était vraiment gentille en plus d'être un brin excentrique. Elle travaillait dans un hôpital, aidait les personnes âgées et passait du temps avec elles. Elle les lavait, les habillait et les mettait belles au cas où elles recevraient de la visite. Des fois, c'était juste elle, la visite. « Mettez-vous beau pour moé debord monsieur Létourneau ! » pis elle revenait quelques minutes plus tard, comme si c'était la première fois :

1. Femme de mœurs légères.

« Bonjour ! Fait longtemps qu'on s'est pas vus ! Vous m'avez l'air en forme ! Une p'tite partie de cartes comme dans l'temps ? » Les vieux l'adoraient et ne pouvaient se passer de ses folies et de sa tendresse. Souvent, après son service, Linda se rendait dans un autre hôpital pour visiter son père, devenu aveugle. Un soir, pendant qu'elle était au chevet de son père à lui lire une histoire, un homme, un ex jaloux et possessif, est entré dans la chambre. Linda, surprise qu'il ne soit plus incarcéré, lui a sommé de foutre le camp. Sauvagement, l'homme a sorti un couteau et l'a poignardée. De même, sous le regard pas regardant du vieux qui ne devait rien comprendre. Linda la magnifique était morte assassinée. Le coupable est juste retourné en prison. Mais elle, elle n'était plus là ni pour moi ni pour les p'tits vieux.

J'ai entendu du monde dire qu'elle avait couru après, l'avait cherché, presque mérité. J'ai eu vent de rumeurs qui mettaient la faute du crime sur son comportement à elle. J'ai compris que les gens pauvres avaient moins de chance dans la vie, et que les femmes aussi. J'étais sacrément mal partie.

Une semaine après, un certain 6 décembre, un autre crétin du même genre est entré dans une école qui préparait l'élite de demain avec des gens brillants dedans qui étudiaient des choses intelligentes. Il a séparé les étudiants d'une classe : « Les filles d'un bord, les gars de l'autre. » Puis, il a fait feu sur les filles. Quatorze mortes et dix blessées juste à cause qu'elles étaient des filles[1]. J'ai rien compris. C'était pas ma faute, mais, parce que j'avais un vagin, je vivrais plein d'injustices, de violences, d'abus, d'agressions ou la mort. En vérité, j'aimais tout de même mieux être une fille qu'un gros crétin meurtrier plein de testostérone.

Ma grand-mère était d'accord avec moi. Cette nuit-là, le 6 décembre, j'avais dormi chez elle dans son lit, vu que le Gouvernement des Drames avait donné congé d'école le lendemain. Elle m'a demandé de demeurer une bonne p'tite fille mais par contre d'être assez forte et têtue pour entreprendre tout ce que je voulais. Elle m'a chuchoté qu'il était possible qu'un jour j'aie les mêmes droits et privilèges que les p'tits gars, pis au pire, de faire semblant. Je l'ai crue. Mais je lui ai pas révélé que, ce soir-là, j'avais cessé de croire à l'enfer. La peur de l'enfer avait terminé de me tétaniser. Moi, petite fille qui perpètre volontairement quelques innocents péchés, Jocelyn le tueur en série assassinant sournoisement ses

1. Tuerie misogyne de l'École polytechnique de Montréal, commise en 1989 par Marc Lépine.

victimes par pénétration contagieuse de seringue ou de pénis, l'ex jaloux tueur et Marc Lépine ; il était sérieusement inconcevable que Dieu nous juge également. Nous ne pouvions aboutir au même endroit, aller au même enfer, nos degrés de péchés étant démesurément éloignés. Ces immondes pouvaient aller chez le diable, moi, je ne me pointerais pas là, ma place n'y était pas. C'est où la vraie place des femmes, des bonnes petites filles ou des moins bonnes ? Personne ne savait. Au pire, j'allais juste crever en attendant un endroit meilleur.

À la découverte de mon corps

Ce n'est pas ce que vous pensez.

À la découverte de mon corps était le titre d'un ouvrage, écrit par une sexologue (Lynda Madaras) et présenté par Janette Bertrand, à l'intention des adolescents et préadolescents. Ma mère avait cru bon d'en remettre un exemplaire à mon frère. Pourquoi lui et pas moi ? Moi aussi, j'en voulais un, livre. J'en lisais beaucoup plus que lui, donc, recevoir un bouquin était un avantage qui me revenait. Faque j'ai piqué une crise. Tsé[1], une crise pathétique d'enfant mal élevée qui veut son bonbon ? Ce genre de crise-là. Ma mère a tenté vainement de me calmer. Elle me croyait trop jeune pour le contenu à caractère sexuel du livre. Précoce, j'ai invité ma mère à ouvrir les yeux sur l'univers dans lequel elle me laissait

1. Tu sais.

grandir : « J'en connais ben plus que tu penses ! » Faut dire qu'à l'époque, je regardais *Lance et compte*[1], alors du sexe pouvant ne pas convenir à de jeunes enfants, de la vulgarité pis du contenu explicite, j'en avais vu et revu. Soupçonneuse, ma mère m'a posé des questions afin d'évaluer mon niveau de compétence, de me « barométrer » sexuellement. Des questions tellement bébé, c'en était gênant. « Qu'est-ce que des menstruations ? Comment appelle-t-on les organes reproducteurs ? Nomme-moi les signes de la puberté. » Un peu plus pis elle me demandait comment on fait des bébés ! J'ai brillé à son petit test niais. J'ai eu droit à un exemplaire de *À la découverte de mon corps* moi aussi. Il était vraiment drôle, le livre, il y avait plein de dessins de sexe pis tout, et c'était bien expliqué, pareil. J'ai pu rigoler tout en apprenant un paquet de choses.

C'est entre autres grâce à ce livre que j'ai fait ma première blague à connotation cochonne. Il y avait un chapitre énumérant les synonymes des parties intimes et qui suggérait « bijoux de famille » pour désigner les testicules. Bijoux de famille ! Je ne comprenais pas en quoi la richesse d'une famille

1. *Cogne et gagne*, en France : série télévisée, très populaire au Québec à partir de 1986, se déroulant dans le milieu du hockey sur glace.

pouvait ne tenir qu'à une paire de couilles. J'ai créé ma plaisanterie lors d'un match de baseball auquel mon frère participait. Dès que mon frère s'est avancé vers le marbre, j'ai brandi une vieille coquille en criant très fort : « Protège nos bijoux ! Protège nos bijoux ! »

J'en ris encore. Lui, il me trouve encore conne.

Un mur

Pendant que la radio jouait sans cesse la chanson *Les Yeux du cœur* de Gerry Boulet et Marjo, la télé et les journaux parlaient d'une paix, d'une réunification dans un autre pays. Je ne comprenais rien, mais je contemplais les images de ces jeunes Allemands qui détruisaient un mur. Maintenant que je maîtrisais la lecture, je trouvais ça pratique que mon père soit abonné au *Journal de Montréal.* J'en apprenais des choses, même des choses qui se passaient en dehors de Burgundy, en dehors de Montréal. Je lisais les nouvelles. Ça commençait jamais par « Il était une fois », et c'était vrai ce qu'on y racontait. À des kilomètres des rumeurs de voisins et des querelles pour rien. Ce matin-là, le *Journal de Montréal* mettait Berlin à la une. Ça ébranlait quelque chose en moi, ces jeunes fâchés. C'était comme s'il me manquait seulement un peu plus de rage pour démolir les murs invisibles de Burgundy. À un moment donné, je pourrais en avoir marre pour de vrai. Balancer des coups de pioche pis me libérer d'une laideur tellement homogène qu'on n'avait même plus de plaisir à se la raconter entre nous autres. Il y avait peut-être, de l'autre côté, des gens plus fascinants que nous. Pis on serait pas obligés de leur taper dessus, mais de taper sur ce qui nous sépare. Mais l'Allemagne, c'était vachement loin.

En attendant, Burgundy, mon royaume, n'en avait pas marre de son lot de malheurs et de problèmes. Burgundy porte sur son dos une lourde carcasse qu'elle espère un jour enterrer. Dans mon petit bled entouré d'immeubles bruns et gris, vivre des mésaventures était assez banal. Les malheurs des uns n'intéressaient pas les autres. Ce n'était pas divertissant, c'était la normalité. Les gens ne semblaient pas assez écœurés pour faire une révolution. Ils se foutaient profondément de tout. Quand je leur demandais s'ils avaient vu les images de Berlin et s'ils voulaient qu'on fasse pareil, ils riaient. Ils nous disaient sans histoire. Les gens s'intéressaient davantage à ce que je comptais faire demain, quand je serais grande, ou juste à ce que je comptais faire avec mon billet de cinq dollars.

Pour passer le temps et chasser l'ennui, avec les autres enfants de Burgundy, je faisais les quatre cents coups. J'aimais bien lancer des cailloux sur les maisons et les voitures. Il y avait toujours une vitre disposée à éclater ma rage. Je ne lançais pas des œufs parce que c'était du manger et on était trop pauvres pour que je me permette de gaspiller de la nourriture. Avec mes acolytes et complices, je m'amusais assez pour oublier un peu la volée reçue, la mère alcolo, le père parti ou la misère d'un loyer pas payé. Ou juste assez pour oublier qu'il existait mieux quelque part. Les cris de colère, les rires nerveux et les jurons à la pelletée résonnaient entre les briques où s'emmuraient des familles déchirées.

Mais la plus belle chose qui me soit arrivée, c'est lorsque ma mère m'a annoncé qu'elle était enceinte. Nous allions avoir un bébé. Un petit garçon, ce n'était pas mon premier choix, mais j'allais faire avec. Toute la famille était folle de joie, même mon père était content, c'est pas peu dire. Je savourais la nouvelle en planifiant plein de projets. Lui, ce petit dernier-là, il allait être gâté, il n'était pas question qu'il vive dans les mêmes conditions que nous ; quitte à m'enfuir avec et à refaire notre vie ailleurs en mieux. Je le savais d'expérience, Burgundy n'était pas une place pour que le petit bébé grandisse. Je devrais le protéger contre tellement de choses pas belles ; je ne pouvais concevoir qu'il soit exposé aux dangers du quartier. J'avais peur qu'on le kidnappe comme la petite fille de Pointe-Saint-Charles[1]. Je ne voulais pas qu'il mange des volées par les gangs. Je ne voulais pas qu'il tombe sous la main des vieux cochons. Comme Lionel.

Lionel, lui je l'haïssais. Je ne savais pas exactement où il habitait, il sortait de temps en temps juste assez pour faire peur. Par ce qui s'annonçait un bel après-midi, ce connard-là avait violé une fille du coin. Je l'avais pris sur le fait dans une arrière-cour. Je m'étais figée. Il m'avait forcée à regarder. J'étais jeune, je comprenais pas trop ce que je voyais, mais j'avais conscience que c'était mal. Le vieux pervers était bien saoul, il frottait son petit pénis mou sur le corps dénudé de la fillette de dix ou onze ans. Il criait en essayant de l'insérer dans un trou quelque part. Elle, elle bougeait pas, semblait attendre que ça finisse. Ce qui a fini par arriver. Il a remonté ses culottes sales, remballé sa bite molle pis il est parti en riant, chantant et maugréant, tout ça sur la même note. La fille aussi s'est rhabillée, mais elle chantait pas. Je me suis sauvée pour raconter ça

1. Enlèvement de Sharron Prior en 1975 dans un quartier limitrophe de Burgundy. Son corps a été retrouvé trois jours plus tard. L'affaire n'a jusqu'à présent pas été élucidée.

à mon frère. Tout le monde l'a traitée de pute et de salope. Sauf moi. Je trouvais qu'elle faisait pitié. Pis en quoi c'était sa faute ? En moins de temps qu'il en faut pour répandre des saletés, tous les enfants de Burgundy ont été mis au courant de cette affaire et se sont moqués de la petite fille. Sauf moi. Une fois, je suis allée discuter avec elle tout gentiment. Je l'ai abordée en lui parlant de ses souliers en plastique (en plus ils étaient vraiment laids) et je lui ai demandé pourquoi elle s'était laissée faire avec Lionel. Elle m'a expliqué ce qu'était un viol. C'est une agression sexuelle par quelqu'un qui veut sur quelqu'un qui veut pas, mais qui va subir. C'est ça qui s'était passé cet après-midi-là. J'ai été son amie un petit bout de temps, mais elle se déshabillait tout le temps. Je sais pas si c'était à cause des railleries incessantes, du rejet dont elle était aussi victime ou si elle était vraiment comme ça, mais elle draguait tout le monde et couchait avec. On ne voyait jamais sa mère ni son père. Elle traînait tard dans les rues... Un classique. Sans investiguer plus, et parce que je suis plus influençable que bonne fille, j'ai fini par la traiter de salope moi aussi.

Une barrière

Mon discman jaune de Sony jouait *1990* de Jean Leloup, comme un signe que j'avançais, à l'instar de mes goûts musicaux, j'évoluais. À Sainte-Catherine, je me suis abonnée à la Maison Columbia et j'ai eu ma vraie permission de fumer. Un cadeau de bienvenue, je suppose. Ici, contrairement à Burgundy, le Gouvernement des Dépanneurs appliquait une loi qui interdisait de vendre des cigarettes aux enfants. Ma mère pouvait plus m'envoyer acheter ses clopes. Faque c'est moi qui envoyais ma mère acheter les miennes. Au moins une fois par semaine, ma mère prenait sa voiture et allait au dépanneur (Perrette jusqu'à ce que ça devienne un Couche-Tard quatre ans plus tard), elle achetait des choses comme du lait, du Pepsi et un paquet d'Export « A » vert pour elle, un Player's pour mon père et un du Maurier pour moi. Elle achetait aussi les magazines cochons à la demande de mon père. Esti que ça devait être gênant pour ma mère. La madame du dépanneur était bien gentille et semblait ne pas trop juger nos achats.

Sainte-Catherine, géographiquement, c'est l'autre bord du pont Mercier, juste après Kahnawake. On était à la fin de l'été 90. Pis y avait du grabuge sur le pont Mercier. Mon père nous faisait des peurs, il nous disait que c'était la guerre, que l'armée venait de débarquer. Moi, j'étais comme « OK cool, au moins icitte ça brasse pour de vrai ». J'avais aucune idée du petit nombre de kilomètres qui séparaient ma maison de banlieue et la barricade du pont. Je pense que si tu zoomes sur la fameuse photo du soldat pis du Warriors qui se regardent intensément, tu peux voir ma maison. Je comprenais pas l'origine du conflit, et mon père non plus, mais ça l'empêchait pas d'avoir un parti pris. J'ai lu dans un journal que la crise d'Oka s'était déclenchée à cause d'une histoire d'agrandissement de terrain de golf sur un cimetière mohawk. (C'est très banlieusard, comme idée.) *Anyway*, pendant que mon père allait lancer des cailloux sur le pont Mercier, ma mère, mes frères et moi, on s'enfuyait au Nouveau-Brunswick le temps que ça passe. J'espérais vite retrouver notre belle maison et notre piscine. (C'est très banlieusard, comme pensée.) On est revenus à temps pour le début des classes, il faisait encore assez beau pour se baigner, pis on pouvait (même les enfants) acheter nos cigarettes moins cher sur le territoire de la réserve, chez les Mohawks.

Pet pis répète

Ce n'était pas évident de grandir dans une maison et dans un quartier où les rôles sont déterminés en fonction des sexes. Je n'avais pas choisi le sexe de la honte, le sexe du presque-tout-m'est-interdit, je me sentais continuellement en punition même si je n'avais rien fait. Il y avait des activités mâles et des activités femelles. Je voyais toujours les clans hommes et femmes clivés, rarement ensemble à faire des affaires en commun. Les rapports hommes-femmes étaient fragmentés. Tout était divisé, comme si l'homme et la femme s'opposaient au lieu de se compléter (à part pour s'accoupler, mettons). Lorsqu'enfin hommes et femmes se réunissaient autour de la table pour jouer aux cartes, les hommes parlaient plus fort et racontaient des blagues de cul, entre deux gorgées de bière. Je ne comprenais pas toujours, et parfois je ne comprenais pas pourquoi c'était drôle. Mais les femmes riaient aussi. Moins fort, mais riaient pareil. Je les trouvais cons. Je souhaitais qu'une femme se lève, renverse la situation ou réplique intelligemment. Au moins, elles gagnaient souvent les parties de cartes, j'imagine que c'était leur raison de participer à ces soirées.

Je n'avais pas le droit de jouer avec les garçons (sauf sous la surveillance de mon frère), je ne pouvais pas faire partie de la même équipe de hockey ou de baseball que les petits gars. Mes parents décidaient de mon habillement. Je devais faire une crise pour mériter un jouet d'auto ou de fusil. J'étais obligée d'aider ma mère à faire la vaisselle. Les filles devaient faire du ménage, du manger pis toutes ces âneries-là pendant que les garçons faisaient rien ou s'amusaient.

N'importe quoi. J'étais découragée de la vulve avant même ma puberté. Je ne comprenais pas en quoi un pénis donnait plus de liberté. En quoi ma fente me renfermait dans des corvées plates. Je me suis vite rebellée. Et mon père m'injuriait : « Esti de lesbienne ! » Je m'en fichais, même que je me disais que ça avait l'air cool d'être une lesbienne, puisqu'elles détenaient les mêmes privilèges que les gars : porter des cheveux courts et des pantalons, être fortes et travailler dans le bâtiment. Nos engueulades, à mon père et moi, prenaient des tournures ridicules, des répliques de théâtre d'été : « Pourquoi JE dois faire la vaisselle ? » « Parce que t'es une fille ! » « Crisse ! Ç'a pas rapport, je lave pas la vaisselle avec mon vagin ! » Sauf que dans mon vaudeville, il n'y avait pas les trois portes par lesquelles m'échapper.

Encore plus ridicule : je n'avais pas le droit de sacrer ni de roter ni de péter. Alors que j'adorais pratiquer ces trois activités en même temps ! C'est dommage que mes « récitals » étaient peu applaudis et n'attiraient pas un plus vaste public, parce que je produisais beaucoup de matériel. Heureusement, mon frère n'était pas un macho fini. Ensemble, on pouvait rire comme des perdus devant toute bonne blague de pet. Puis, si je me retenais trop, mes pets remontaient vers ma tête et me donnaient des idées de merde.

Généralement, je n'appréciais pas la solitude, parce que je cherchais toujours l'amour ou l'approbation des autres. Être entourée le plus souvent possible augmentait mes chances de me faire aimer. Si, en plus, je racontais des bonnes blagues, les rires des gens m'apportaient un peu d'amour-propre (même si j'avais toujours une tâche à accomplir quelque part). Quant à la liberté, c'est sûrement un plat chaud qui se savoure seul, contrairement à la vengeance ; *anyway*, c'est même pas du manger. Quand je me retrouvais seule, si l'anxiété ne venait pas jouer avec moi, je pouvais me gâter. Je pouvais faire semblant d'être qui je voulais et faire ce que je voulais. Dans les têtes de linotte, l'imaginaire peut frapper fort. Ma liberté candide pouvait finalement narguer les interdits ou les « T'as don' ben l'air conne ! ».

Mon jeu préféré quand j'étais toute seule, c'était de jouer à l'école. Je plaçais mes peluches en cercle et j'incarnais l'enseignante. Je distribuais des feuilles et des crayons à tous les petits amis et je leur demandais de dessiner. Un adorable petit lapin bleu était mon doudou préféré et donc le chouchou de ma classe. Lapineau faisait à coup sûr le plus beau dessin, il créait un chef-d'œuvre. Je le couvrais alors d'attentions et d'autocollants en criant au génie et en le citant comme exemple auprès de ses camarades. Il y avait aussi Grosse-Conne, une affreuse poupée Bout d'Chou qui interprétait à la perfection le rôle du cancre. Son dessin était tellement laid et elle était tellement nulle qu'en tant que figure d'autorité je me voyais obligée de la battre et de l'humilier devant les amis. Elle servait de bouc émissaire ou plutôt d'exemple à ne pas suivre. La mise en scène se terminait avec son travail déchiré, ses vêtements retirés, et je sonnais le glas de la montée dramatique en lui pétant dans la face.

Les madames

J'étais pas féminine. Je portais des joggings pis les vestes en jean de mon frère ou son K-Way fluo. Je m'habillais à l'Armée du Salut. Je ne me peignais pas les cheveux, *anyway* je n'avais aucune idée quoi faire avec mes cheveux crépus. Pis pour ce qui est du maquillage, je répétais ce que mon père disait : « C'pour les guédailles ! » Je ne savais pas exactement ce qu'était une guédaille, mais fallait pas que je ressemble à ça.

Encore là, guédaille, c'était rien que les filles qui devenaient ça. J'aurais parfois voulu naître avec un pénis, pas parce que j'suis cochonne, là, non non, mais parce que tout avait l'air plus simple pour les gars. Ils étaient bien vus, eux autres, quand ils se mettaient beaux. Personne leur disait jamais « T'as l'air d'un ci », « T'es ben qu'trop ça ». Nous autres, les p'tites filles, il fallait toujours qu'on se demande de quoi on avait l'air ou de quoi on pouvait avoir l'air aux yeux des autres. Je surveillais mes cuisses comme je devais surveiller les qu'en-dira-t-on. Je me faisais dire que, pour grandir, j'avais deux options : devenir une bonne femme ou bien alors une traînée (une sorte de guédaille, je crois), mais que je ne devrais pas choisir la deuxième option. C'est ce que les gens essayaient de me dire. C'est ce que mes parents essayaient de m'inculquer. Pourtant, ça va avoir l'air de prêter à confusion, mais chez nous, dans ma maison, y avait plein d'affiches de madames toutes nues. Pas de gêne ni rien. Je voyais leurs seins, leurs vulves pis leurs sourires. C'étaient des cochonnes, mais elles étaient belles pareil. Leurs seins par exemple étaient vraiment gros. Je voyais bien que ça servait à être vu et touché, ces immensités-là. Un jour, j'allais avoir ça, moi aussi, des tétons, des boules, des gros nibards (on disait rarement seins). Ç'a jamais poussé. Pis chez nous, à côté de la toilette, il y avait plein de revues de cul (*Playboy*, *Hustler*...) et des journaux scandaleux (*Allô Police*, *Photo Police*... finalement rien de policier). Dans ces lectures de pause-toilette, il y avait beaucoup d'images de madames et de leurs parties intimes. Il fallait toujours que ces femmes-là soient cochonnes. Le plaisir sexuel des messieurs avait l'air vraiment important. Pis mon père devait aimer ça, des femmes de même, parce qu'il achetait souvent ces posters et ces magazines-là. J'ignorais pourquoi il ne fallait pas que je devienne une catin, une guidoune, une salope, une pute (ou tout autre synonyme de guédaille), malgré que les hommes aimaient ça. Et que mon bonheur reposait sur la validation de mon corps par les hommes. J'imagine que j'allais comprendre quand j'aurais des seins pis que les hommes m'aimeraient. Ou me désireraient. Ou, je sais pas, tireraient du plaisir de moi ou de mon corps.

C'est contradictoire, un couple, on dirait. Je trouvais ça bizarre qu'on ne se soucie pas que ces femmes-là, c'étaient des vraies personnes. La fille étaient quelqu'un derrière ses gros seins. Les hommes semblaient décider de tout : au gouvernement, dans les maisons, dans les jobs d'adultes pis même par rapport aux femmes pis à ce qu'elles doivent avoir l'air. C'étaient eux, les chanceux, pis nous autres fallait les servir, pas juste avec de la bouffe, mais avec nos sexes et tout le reste. Faque il me fallait devenir quoi ? Je ne voulais pas servir un homme, ni avec mes appareils de cuisine ni avec mes appareils reproducteurs. Faque j'ai décidé que j'allais devenir une superhéroïne en string pis que j'allais libérer les guédailles pis les habiller, avec des vêtements qui ne viendraient pas de l'Armée du Salut. On ressemblerait toutes à Cyndi Lauper, on se marrerait pis les messieurs pas gentils auraient tous peur de nous.

Partir enfumée

Dans les années 80, à Burgundy, il n'y avait pas seulement le catch qui était à la mode dans les sous-sols d'églises. Le bingo rendait folles toutes les femmes du quartier. Elles voyaient dans cette activité un moyen de peut-être gagner de l'argent, mais surtout un endroit pour se rencontrer et discuter entre copines. Une véritable échappatoire au mari et aux tâches domestiques.

Les soirées de bingo étaient en quelque sorte une conséquence du mouvement féministe qui progressait, lentement, mais sûrement. Au contraire des tavernes à l'époque, le bingo savait regrouper la gent féminine sous le couvert du ludisme. Elles pouvaient ainsi se retrouver, le temps d'un soir, entre femmes, pour ne plus se sentir seules, se donner des trucs conjugaux, parler divorce, enfants, études et sexe. Bref, un *safe space* pour se dire les vraies choses loin de leurs hommes, et poursuivre l'émancipation à coups de jetons et de G-54.

Solidaire, ma grand-mère ne manquait aucune de ces soirées. Parfois même, elle en organisait clandestinement. Elle y invitait ses amies, ses voisines, ses cousines ; ça bavardait, ça riait pis des fois ça gagnait cent dollars. Ma mère et moi, on l'accompagnait certains vendredis soir. J'aimais ça. Toutes les madames étaient gentilles. Je pouvais les observer longuement. Elles me fascinaient, plus concentrées sur leurs conversations que sur leurs jetons, elles réussissaient tout de même, avec une vitesse étonnante, à remplir leurs cartes de jeu et à crier « Bingo ! ». Elles fumaient cigarette sur cigarette, et il y avait tellement de fumée dans la pièce qu'on peinait à voir nos interlocutrices. Je les trouvais mignonnes, ces mamies et ces tantes, avec leurs collections de porte-bonheurs, qu'elles étalaient à côté de leurs cartes de bingo, entre leurs paquets de clopes et leurs pots de pilules.

Certains soirs, j'avais le droit de travailler au bingo. Je ramassais les cartes. À un moment donné dans la soirée, après l'annonce au micro, c'était à moi de jouer : je passais aux tables et récupérais les cartes qui n'étaient plus valides. Les femmes recommençaient leurs joutes avec de nouvelles cases à garnir de jetons. Mon travail était difficile : je devais prendre mon souffle au bout de la table et le retenir jusqu'à l'autre extrémité. La fumée était tellement dense que je ne voyais pas où je mettais les pieds. C'était parfois cauchemardesque, mais ça payait. À la fin de la veillée, je recevais un gros billet de cinq dollars, assez pour m'acheter, sur place, une tablette de chocolat, un petit sac de chips, une boisson pis un œuf dans le vinaigre.

Ces vendredis soir enfumés comme un feu de poubelle feraient aujourd'hui paniquer le Gouvernement de la Santé, le Ministère du Comment Vivre, la DPJ, les parents de Ville Mont-Royal, les pédiatres d'Outremont et les vendeurs de produits naturels et homéopathiques : ils crèveraient d'une crise cardiaque sur-le-champ. Comme quoi la santé, c'est assez relatif ; que tu sentes le patchouli, la lavande ou le mégot, c'est juste la crémation ou la qualité du cercueil qui change. Autres époques, autres mœurs. Autres quartiers, autres odeurs.

La violence (encore)

La violence était un sujet redondant à Burgundy, un sujet qui rebondissait tel un uppercut. On traînait tous une histoire d'elle, cachée ou bien tamponnée dans la face. Je connaissais bien la violence sournoise, la discrète, l'encrassée et la névrosée. Il y en avait partout, de la violence. Partout. Pourtant, je ne l'ai jamais acceptée et ne m'y suis jamais habituée. J'avais le réflexe de me mettre à la place des gens, de m'imaginer dans la peau des victimes. Je possédais cette empathie qui bombardait ma tête, noyait mes yeux et strangulait mon petit cœur. Esti que j'avais de la peine quand mon grand-père tapait sur ma grand-mère. Pourquoi frapper une dame aussi gentille ? La violenter devant ses enfants ? Et s'endormir le soir tout bêtement ? Et recommencer le lendemain ? Comment ? Pourquoi ? Je voyais dépérir cette jolie femme si aimante, je la voyais ressembler à une ombre floue et déformée. Sa mâchoire pendouillait de traviole à force de coups et de névroses. Les cernes se dessinaient à gros traits de feutre noir et les rides se creusaient comme des canyons. Je réalisais que se faire battre marquait physiquement le corps, mais aussi que la peur de se faire battre martyrisait psychologiquement l'intérieur du corps. Le stress des coups, je le partageais avec elle.

Ma pauvre grand-maman. Crisse que j'étais contente et soulagée quand cet homme, que je n'ai jamais appelé grand-père, est mort. Comme elle, j'attendais juste ça. Le maudit, je suis persuadée qu'il n'a pas souffert parce qu'il était encore saoul. J'aurais voulu qu'il pâtisse, qu'il ait mal lui aussi. Ç'aurait été la moindre des choses, un moindre mal. Pour créer un petit équilibre, une justice, un soulagement.

Je ne me l'explique pas, mais j'ai toujours trouvé que les gens violents étaient des fous dans la tête. Des fois, je souhaitais être juste assez fêlée du crâne pour leur donner une bonne leçon et venger les gentils. Mais je ne suis pas assez méchante, je suis du côté des gentils. Dans le rang des plus crédules qui prient et cherchent de l'amour au fond de leurs insécurités.

Je n'ai pas toujours su contrôler ma rage. J'ai parfois eu des excès de colère. De l'impulsivité mal gérée. J'ai toujours regretté et eu honte de ces gestes que je commettais. Mais mon orgueil taisait mes excuses. De toute façon, il était trop tard, j'avais déjà fessé. Le coup était parti plus vite que le dialogue. C'était justement lorsque je n'avais rien d'intelligent à dire ou à faire que je frappais. Des gestes d'idiote. Enfant, je ne connaissais que cela, répondre par des coups et m'exprimer sauvagement. Gagner l'estime avec mes petits poings. C'était mon éducation et la façon de faire de tout le quartier : on apprenait sur le tas en cognant dans l'tas. Burgundy, c'est une place où prendre la sienne est difficile. Les francophones se battaient contre les anglophones. Les Blancs se battaient contre les Noirs. C'était comme ça : tu te battais. Chaque jour, il fallait un perdant et un gagnant. C'était comme ça. C'était comme ça à Burgundy dans les années 80. On était raciste sans savoir c'était quoi le racisme. Juste parce qu'on répétait les dires et les mimiques du quartier.

Quand la bande de Noirs a volé mon vélo, sans réfléchir, j'ai rassemblé tous les Blancs du coin et enclenché la guerre du siècle. Ben, la guerre du siècle à Burgundy. En tout cas, la guerre du siècle pour les enfants de Burgundy.

On était tous dans le parc, on avait des armes : des bâtons de baseball, des cordes à danser, des cailloux. Les plus grands avaient des matraques et des canifs. C'est moi qui avais lancé les hostilités : « 1, 2, 3, Go ! » Comme la scène dans *La Guerre des tuques*[1], mais avec des jointures à la place des gants pis du sang qui revole au lieu de la neige. Je ne suis pas restée là longtemps, quelqu'un m'avait poussée par terre, j'avais mangé du gravier pis mon genou saignait. Faque je devais rentrer. Mais les autres ont continué jusqu'à l'arrivée des policiers et des ambulanciers. Le lendemain, je pensais naïvement que tout le monde allait faire la paix pis que j'allais ravoir mon vélo, mais il y avait des graffitis partout, surtout sur notre porte. Mon frère et moi, on a trouvé d'autres jeux à faire à l'intérieur. On avait peur, ça jouait à la guerre plus dur qu'on le pensait. Mais fallait pas l'dire que c'étaient les Noirs qui avaient gagné.

Je raconte ça comme une confession, mais je suis un cas récupérable. J'ai enfermé ma rage dans une boîte de Pandore au fond de ma cage thoracique. Je camoufle ce moi horrible, je tais sa laideur, son enfance et sa souffrance. Je l'endors en

1. Film culte au Québec, inspiré de *La Guerre des boutons*, de Louis Pergaud. « Tuque » signifie « bonnet ».

lui murmurant des « chhhut, chhhut, chhhut ». Le plus souvent possible, j'évite les situations problématiques, les conflits et les personnes offensantes. Sinon, ça siffle et ça bout comme une bouilloire dans ma poitrine et me brûle l'œsophage. Le méchant veut sortir comme du pus. Faque j'essaie d'emprisonner mon petit volcan, de le confiner dans mes côtes. C'est très « interne », mon affaire, voire organique. J'ai le « moi intérieur » sale, crotté et mal aimé. Mais « chut ! ». Il faut pas que j'en parle, c'est bien trop honteux. Je me tais, je dis pas des choses aussi sales. Il faut pas dire que je suis la fille à son père. Je sais pas si la violence, au même titre que la misère, est transmissible. Ça s'acharne toujours sur les pauvres gens ? C'est dans les gènes ? Parce que je veux pas ressembler à mon père. Sauf que des trois enfants, on va se le dire, je suis celle qui a hérité de son caractère, en esti. Je sais pas si je reproduisais la violence de mon père en vendant du shit et en me bagarrant à l'école, je sais pas si inconsciemment je voulais qu'il soit fier de moi ou si je n'avais simplement pas le contrôle sur mes petits poings qui partaient dans tous les sens. Chhhut. Je suis gentille, OK.

La cohabitation

J'ai habité dans un modeste appartement avec des allergènes dans la moquette du salon (moquette qui devenait très psychédélique lorsque je m'amusais à tourner comme une toupie pendant trop longtemps et finissais inévitablement par vomir dessus). Les murs nicotinés se vêtaient d'une tapisserie représentant une plage d'été joviale ou une nature morte d'automne ; un Biodôme au rabais sous notre toit, avec l'hiver dans nos cœurs et le printemps dans l'odeur. La mélamine venait homogénéiser le décor. C'était laid, mais la laideur était monnaie courante tels les un dollar et deux dollars en papier. Tout était laid. Tout. Les pires années de l'histoire de l'humanité et de la mienne (quand tu connais pas ton Histoire, mettons ; ou que tu crois juste à ce que tu connais). Dans les années 80, les gens se sont rués aveuglément sur la modernité. Ils se sont vautrés dedans éhontément et sans aucune classe. N'étant point en reste, mes parents, yeux fermés et gueules ouvertes tels des urubus, ont à eux seuls caricaturé le consommateur moyen du douteux, du laid, du vomi sur fond cramoisi avec de chaudes notes d'iridescence. La modernité qui ne promettait pas grand-chose finalement, s'est ridiculisée à coups de kitsch. Cette inutilité fulgurante est venue installer son vide affectif dans les chaumières.

Micro-ondes, nourriture transgénique, mélamine, lino, stores verticaux et horizontaux, cadres avec des néons, miroirs en demi-soleil, revêtement à clin, léopard, gaspillage, laque en spray, fluo, plastique, Crush aux fraises. Tout était laid dans les années 80. Ces années ont été, historiquement, une erreur. La génération X en ressent encore, parfois, quelques nausées. Pas pour rien qu'on est cinglé : grandir entouré de monstruosité, ça laisse des séquelles ou un récalcitrant arrière-goût suret au fond de la gorge. Les affaires de goût, ça se discute pas, mais j'ai le souvenir que tout était plus laid chez nous. Je suis pas nostalgique quand je regarde les photos de mon enfance, en fait, ça me déprime. Je montre jamais ces photos-là, à personne. J'ai beau avoir des bases en Photoshop, il y a toujours des limites à camoufler du pas beau.

Mon appartement, c'était le plus brun sur la rue. Il y avait même « fucker » d'écrit en permanence sur le côté, tu pouvais pas le manquer.

C'était chez moi. En face du parc. Sur la rue Terrasse-Coursol. Avec mon père, ma mère et mon frère. Je suis la cadette, la p'tite dernière. Un accident, mais ma mère était contente pareil parce qu'elle désirait secrètement une fille. Pas mon père, évidemment. Je me suis improvisée p'tit gars pour recevoir la même attention que mon frère, mais ça n'a pas marché, rien à faire. J'étais comme une bâtarde. Ce n'était pas alarmant, parce que j'en avais rien à foutre de mes parents. L'école m'éduquait et les rues m'élevaient. Genre. Je sais pas si ça se dit ; je sais même pas si c'est vrai, ce que je dis.

De l'autre bord du parc, sur la rue Quesnel habitait ma grand-mère maternelle (qualificatif qui lui sied très bien). Je l'aimais donc, ma mémère, et elle aimait tout le monde pareil. Son grand appartement nous recevait tous, tout le temps. La porte arrière était toujours déverrouillée, parce que mon oncle Mario perdait toujours sa clé et aussi parce que tout le monde était bienvenu. Il y avait même un petit tapis qui le disait à l'entrée. Chez mémère, c'était chouette. Son logement était grand, il y avait un escalier dedans. Deux étages, c'pas rien. Ça faisait snob en maudit : aller se coucher à l'étage ! Les carreaux du sol de la cuisine étaient noirs-blancs-noirs-blancs. Comme un jeu d'échecs. Pis ma grand-mère, c'était la reine. Les chaises autour de sa grande table protégée d'une nappe en vinyle étaient remplies des fesses de plein de monde ; des oncles, des amis, des éclopés qui venaient pour les mêmes raisons que moi : chercher un peu d'amour. Et on le recevait. Toute la bande. Des crêpes pour les petits, du gros gin pour les grands ; ma grand-mère nous bourrait le cœur pis la panse. Ils se saoulaient en roulant des cigarettes (j'en avais gratis si je les aidais) devant l'arrière-grand-mère qui se mourait d'un cancer. Quand un oncle devenait trop saoul et voulait se battre, c'était l'heure de retourner chez moi. Pis le lendemain, je revenais et ça recommençait. Pis j'aimais ça. C'était l'image la plus joyeuse que j'avais, l'idée la plus tendre que je me faisais d'une famille. Je préférais être chez mémère que chez nous.

Un clash de trois cents mètres de long. Comme si le parc Oscar-Peterson[1] se trompait de gamme

---

1. D'ailleurs, Oscar Peterson a beau avoir vécu dans Burgundy, personne ne le connaissait, savait c'était qui ni ce qu'il faisait. Même moi, la p'tite maline, j'ai été en contact avec sa musique à peu près en même temps que le parc a été rebaptisé à son nom, en 2007. Pour la culture et la prétention, on repassera ; et ailleurs que par la rue Terrasse-Coursol, où les briques de l'époque étaient graffitées de paroles de Gerry Boulet.

chaque fois que j'y passais. Chez moi, dans ma famille de fous immédiats, ça criait tout le temps. TOUT LE TEMPS ! TOUT LE TEMPS ! TOUT LE TEMPS ! Mon père criait après ma mère et ma mère se défendait en criant. Leurs cris se fracassaient ensemble et leurs éclats venaient s'émietter dans ma tête. Ils ont tailladé mon crâne à m'en sculpter une névrose. Pis ça, c'est pas le tapis du salon qui pouvait m'en guérir.

Les vrais rêves (ceux du sommeil)

Je rêvais souvent aux fraîches-pets, aux filles belles et béates. Elles étaient tellement souvent dans ma tête, qu'à un moment donné, j'en ai même fait des rêves cochons. Je me suis dit que, là, ça allait trop loin. S'il fallait que mon père sache que je fantasmais sur des filles, il m'aurait jetée dehors en me hurlant après. Il m'aurait déshéritée de sa collection de VHS et de son carton de cigarettes. Y avait rien que les filles dans les revues qui pouvaient s'embrasser entre elles. J'avais la frousse de parler dans mon sommeil pis que mon père m'entende, faque j'ai arrêté ça. J'ai essayé de faire juste des rêves normaux.

Les enfants de Burgundy rêvaient beaucoup. On y avait droit et c'était sans limites. Et gratis. Certains espéraient seulement survivre et être debout demain. La plupart rêvaient à un monde meilleur, à un avenir prometteur ou juste à une brève et légère évasion. À la manière des prisonniers qui regardent l'horizon par une fenêtre donnant sur l'espoir, je me faisais ramener à la nécessité de rêver. Le poteau de téléphone au travers de ma vitre me permettait, à travers mes songes, de repasser mes travers. Dans mes dodos, je me réparais un peu comme on recoud une vieille poupée de chiffon, en vain.

L'enfant turbulente que j'étais aimait rêver, mais n'aimait pas dormir. Hyperactive, j'avais trop de choses à faire et à apprendre. Attendre à l'horizontale m'ennuyait sévèrement. Je savais que le temps était une entité qui passe et ramasse des choses, et en néglige d'autres. Je le voyais comme un traître à qui je ne donnerais pas ma confiance ni mes jeunes années. L'heure du coucher s'avérait le moment parfait pour narguer le temps. Je l'ignorais en jouant du déni ou en jouant avec mes jouets. Je me glissais sous les couvertures ; et, aussitôt ma porte close, je me levais pour lire, écrire, dessiner, inventer des tours et des pièges, fabriquer des armes ou penser à la mort.

Hélas, mon stratagème n'a pas su durer. Mes parents s'en sont rendu compte et j'ai dû rendre des comptes. J'ai fait les frais de ma bêtise, et j'ai dû prendre des cachets à maintes reprises. Main prise, j'ai avalé ma pilule.

La rose, celle pour dormir, comme les grands. J'ai alors commencé à dormir et à rêver pour de vrai. Correctement.

Quand j'étais petite, je croyais que lorsque la mort venait nous chercher définitivement, elle nous transportait dans le monde des rêves ; que l'au-delà se déroulait dans les songes. C'est logique, je trouve. Parce que dans le monde des rêves, je peux être qui je veux, comme je le veux. Je peux voler comme un superhéros, sauf que j'ai souvent de la difficulté à courir, comme dans une poursuite de film d'action, mais au ralenti. Sans parler des rêves barrés sortis de nulle part, où les proportions deviennent des distorsions, où les formes et les distances deviennent aléatoires. Et surtout, je ne peux jamais mourir dans mes rêves. Très étrange, ce rapport que possède la mort avec notre inconscient. Je veux dire : dans la vraie vie, si je meurs, ben je meurs raide. Par contre, durant le sommeil, on dirait que la mort ne peut jamais m'attraper, comme si j'étais enfin plus forte qu'elle, ou bien que je vivais avec elle, en elle. Je ne meurs pas. Je ne meurs plus.

Le cauchemar le plus effrayant que je faisais me visitait plusieurs fois par année. Je traverse le parc pour me rendre chez ma mémère, accompagnée de mon frère. Étrangement, au bout du parc, nous attend un grand, grand monsieur.

Il a un vieux visage tout blanc, blanc malade. Il est vraiment très élancé, maigre. Il est vêtu seulement de noir : cape noire et chapeau haut de forme noir. Ses yeux semblent tout aussi sombres et profonds que ceux d'un démon dans les films d'horreur. Il tient en laisse un petit chien blanc, un genre de caniche ou de Jack Russell, je sais pas pourquoi. Il nous aborde en se prétendant magicien (déjà, j'ai peur de lui et je le trouve louche). Il me demande s'il peut faire un tour de magie sur mon frère. Un frisson me parcourt le corps. Juste le temps que j'aie la chair de poule, sans prendre la peine d'attendre une réponse, il dépose sur la tête de mon frère une espèce de coquille d'œuf en pierre. Et, tout aussi rapidement, le grand monsieur sort un long couteau et le plante à plusieurs reprises dans le casque de pierre. Des gestes qui n'ont rien de magique et qui ressemblent à ceux d'un débile mental en psychose : frénétiques, désordonnés et dégueulasses. Délicatement, du sang se met à couler du crâne de mon frère en formant une mare rouge et miroitante à ses pieds. Et je cours, cours et cours sans fin et au ralenti. Je frappe à une porte pour demander de l'aide, ou j'approche un inconnu pour le supplier de m'aider, ou je tente de stopper un véhicule afin qu'on me porte secours, mais TOUT le monde est méchant ! Ils sont

TOUS ensemble. Ils me veulent TOUS du mal. Peu importe à qui je demande de l'aide, ils ne font que s'ajouter à la liste de méchants qui me courent après. C'est tellement épuisant et tellement pas gentil, qu'à un moment donné, je me réveille. En sursaut. En sueur. En maudissant l'humanité pis la course. Ce rêve a sa propre trame sonore et son ambiance unique. Quand il veut revenir, je le sens, ça vibre bizarrement dans tous mes muscles, j'essaie alors de me réveiller avant de revoir le visage de ce long monsieur qui n'était pas magicien du tout.

C'est quand même juste un rêve pis c'est pas ma faute. Je n'ai aucun pouvoir décisionnel sur mon inconscient. Je le fais par obligation circonstancielle, mettons. Julie Masse chantait *À quoi rêvent les millionnaires* ; je le sais ben pas, mais je sais une chose : les pauvres rêvent qu'ils courent sans arrêt pour fuir plus grand qu'eux, sans jamais mourir.

« Tu te couches, tu dors pis tu farmes ta yeule ! » comme me criait chaleureusement mon père vers 21 heures. Peut-être que si j'avais eu une berceuse plus apaisante chuchotée avec amour, un souffle chaud caressant mon cou ; peut-être que blottie dans des bras rassurants, emmitouflée d'une chaleur familière, écoutant le rythme régulier d'un cœur qui m'aime ; peut-être aurais-je alors fait de beaux dodos. J'aurais dormi comme un bébé ou comme un millionnaire.

À quinze ans, j'ai revu cet esti de grand-magicien-pas-magicien-du-tout. J'étais défoncée au LSD. Je marchais pour me rendre chez nous. Je revenais d'une fête à trois rues de chez moi. Une marche de cinq minutes à jeun. Ça faisait deux heures que je marchais. Je ne comprenais pas pourquoi je n'arrivais pas à arriver chez nous. En tournant sur la rue des Bouleaux, je l'aperçois. Le même grand monsieur vêtu de noir avec son petit chien blanc. Il est au bout de la rue et ne bouge pas. Il semble m'attendre. Il est bien trop grand et bien trop sombre. Je continue de marcher. Je me dis que ça doit être le LSD qui me fait halluciner, mais plus j'avance, plus il devient réel. Câlisse, c'est vraiment vrai. Je marche. Il reste immobile. Je suis maintenant à un mètre de lui. Et paf ! Je me suis écroulée sur le coin de rue, j'ai fait une crise de convulsions et je me suis réveillée en psychose à l'hôpital Charles-Le Moyne.

Les professionnels ont conclu que je l'ai halluciné. J'ai dit comme eux sinon j'aurais dû prendre des antipsychotiques. J'ai fait semblant d'avoir imaginé un monsieur et j'ai fait semblant de cesser les drogues. Les rêves, les hallucinations, le réel, le déni : tant de manières d'échapper à la fatalité de ma propre vie.

Le réverbère de la rue des Saules

Les engueulades du voisinage, les sirènes de police, les éclats de verre qui se brise, les battements de cœurs irréguliers d'enfants qui grandissent mal ; les bruits de Burgundy ne me bordaient plus la nuit. À Sainte-Catherine, c'en était fini du chaos urbain et de ses sordides berceuses. Les nuits estompaient lentement leurs névroses dans le grincement de mes dents, dans les spasmes de mes jambes maigres. La tranquillité d'une rue de banlieue allait finir par me rendre le sommeil paisible. Les criquets qui chantent, le silence des vies discrètes aux alentours et la vibration régulière du réverbère qui accompagnait celle du filtreur de la piscine : cette nouvelle musique m'aidait à « faire mes nuits ». Ces apaisements sonores me rassuraient et me portaient conseil. Par ma fenêtre, ce n'était plus un poteau de téléphone déguisé en tour Eiffel qui guidait la destinée de mes rêves, mais un réverbère qui les éclairait et que j'imaginais être la pleine lune. Tous les soirs, une lune remplie d'espoirs nouveaux me bordait et m'apportait cette quiétude dont les enfants ont besoin pour dormir. Quand je fermais les paupières, je m'évadais sur le bord de la mer, les vagues de mon lit d'eau aidant à m'y transporter. Ouais, j'avais un lit d'eau. Et les murs de ma chambre étaient peints en mauve et turquoise avec la technique éponge. Rien n'était parfait, mais c'était quand même mieux qu'avant.

J'avais cette vague impression que les nouveaux éléments de ma vie pouvaient appartenir aux idéaux des contes de princesses. Ce décor enchanteur allait peut-être me porter dans une dimension où l'épanouissement et l'ambition seraient accessibles. C'était beau. Ce n'était plus trash ; en tout cas, mon environnement ne l'était plus. Je jouais au hockey bottine[1] dans les rues avec des voisins qui ne trichaient pas et n'employaient pas la rudesse. On jouait pour de vrai, sans malice. Il y avait des rues sans débris, sans trottoirs. Des habitants en bonne santé, qui ne semblaient pas

1. Hockey sur glace avec non pas des patins mais des bottes. Se dit aussi pour les parties dans la rue, été comme hiver.

battre leurs enfants. Des petites rues, parfois même des croissants, une petite ville où le monde est petit dans le sens de proche. On est riches, je peux devenir quelqu'un. Les rues des Saules, des Ormes, des Frênes, des Érables étaient de vastes terrains de jeux sûrs. J'habitais le quartier des arbres. Il y avait aussi le coin des fleurs et celui des oiseaux, comme dans toutes les banlieues qui respectent leur manque d'originalité.

Pétarade

Quelque chose clochait. Quelque chose nuisait dans le paysage de banlieue. Nous. On collait pas. Les regards des voisins suffisaient à me faire sentir inadéquate. Mon grand frère me répétait que je devais cesser de crier et de sacrer quand je jouais. « Ça paraît que tu viens de Burgundy. Tu te comportes comme une mal élevée. » Mais j'étais mal élevée ! Comment allais-je pouvoir me propulser au rang des bien élevés ? Ça me semblait une course impossible à gagner, les autres ayant plusieurs tours d'avance.

Un après-midi d'été banal, à glander entre amis sur la terrasse de Julie, où je pouvais me rendre en quelques coups de pédales sur mon dix vitesses, on bavardait tout bonnement. On fumait des joints que j'avais déjà roulés et que je leur vendais pas cher. Les parents de Julie, professeurs, étaient partis à leur chalet dans les

Laurentides. Ils avaient bien averti leur fille qu'ils ne voulaient pas de fête ni de la petite Michaud dans leur maison pendant leur absence. Mais on était dehors sur la terrasse. Ses amis que je ne connaissais pas vantaient les métiers de leurs parents, des profs, des sommeliers, des chefs, des écrivains, des cinéastes. Wow. J'étais impressionnée. Évidemment, j'ai pas parlé des miens. Quand on a honte, il vaut mieux se taire, c'est ce que j'ai tôt appris à Sainte-Catherine.

J'ignorais si c'était mon matos qui était trop fort ou le soleil qui tapait trop ou peut-être juste le vin qu'on buvait (je buvais rien que de la Bud ou de la Tornade à l'époque ; le vin, ça avait le goût de vomi), mais je commençais à faire un *bad trip*. Encore là, je ne disais rien. Ils ont commencé à parler de films. Cool, j'en avais vu plein, j'allais pouvoir participer à la conversation. Décidément, on n'avait pas les mêmes goûts. Ils citaient des films d'auteur obscurs qui avaient l'air barbants. *2001, l'odyssée de l'espace* ? Stanley Rubik's Cube ? Tandis que je parlais de la fameuse scène des trois nichons dans *Total Recall*, une fille a soupiré tellement fort que j'ai senti le bois traité de la terrasse s'écailler. Elle m'a regardée directement dans mes yeux rougis : « Ayoye ! T'as vraiment pas de culture, toi ! » Tout le monde m'a regardée, et leurs rires confirmaient ma faiblesse intellectuelle. « Ta yeule, man ! » Et je suis allée vomir derrière le cabanon. Le vin de son père était bien trop dégueulasse. Crisse de bande de losers. *Fuck it.* J'ai foutu le camp, en laissant mon paquet de du Maurier et mon shit sur la table de jardin. J'ai peut-être pas assez de culture pour vous autres, mais j'ai la meilleure culture de cannabis en ville, faque étouffez-vous don' avec !

En me rendant chez nous, à la suite de cette défaite cuisante, je traînais les pieds en marchant à côté de mon vélo qui avait encore pogné une crevaison. J'avais de la peine. Je me sentais attardée. J'avais envie de leur péter la gueule à ces p'tits blancs-becs de riches ! Mais, ç'aurait été leur donner raison. Le guidon de mon vélo m'est resté dans les mains. Voyons, crisse ! Comment ça se fait que tout se casse ? Mon *bike* était toujours détraqué et en piètre état. Un peu comme mon dedans. En passant sur le petit viaduc qui enjambait la rivière Saint-Régis, j'ai soulevé mon vélo à bout de bras et je l'ai jeté dans la rivière. *Fuck* toute, esti ! J'en volerai un autre, personne cadenasse son vélo ici.

Je n'avais pas encore tourné le coin de ma rue qu'un sacré boucan faisait trembler toutes les belles devantures des maisons. Environ cinquante motards étaient dans ma rue, faisant défiler leurs

Harley-Davidson straight pipe et leurs vestes ailées. Tabarnak. Certains voisins regardaient le spectacle, ahuris, d'autres fermaient fenêtres et rideaux, et d'autres encore menaçaient d'appeler la police. Les Hells faisaient résonner leurs moteurs sans silencieux. Le vacarme de la honte. Je suis passée parmi la parade et j'ai claqué la porte. Bien sûr, mon père n'a pas entendu le claquement de la porte, trop occupé à être fier avec ses p'tits copains. Au bout de cinq minutes à rincer leurs moteurs, ils sont enfin partis en pétaradant dans les rues calmes du quartier des arbres. J'avais envie de fuguer et en même temps de ne plus jamais sortir de ma chambre. Je voulais entendre les enfants jouer au hockey en scandant des noms d'attaquants glorieux ou jouer à la cachette en comptant jusqu'à cent. L'opposition entre les sons d'enfants et les bruits de Harley était trop grande. Ça laissait trop de vide au milieu. Et ma famille était le centre d'attention. On avait l'air d'être la une du *Photo Police*. On était des losers flamboyants. Des perdants *forever*. Je n'aurais jamais des parents professeurs ; je ne réussirais jamais à être cultivée et acceptée dans la normalité. Je me suis demandé si une municipalité avait le droit d'expulser une famille en dehors de ses quartiers. On faisait Burgundy en esti. J'ai cherché une corde dans le garage.

Me pendre était peut-être la meilleure leçon à offrir. Une leçon pour ma famille laide et pour les autres beaux sympas finauds. Je n'appartenais à rien *anyway*, y avait rien pour m'attacher, et nulle part pour avoir la sainte paix.

Y en avait pas, de corde. J'irais à la quincaillerie à un moment donné.

Mémère (encore)

Quand j'y repense, mes souvenirs de Burgundy ne sont pas si tristes, pas tous en tout cas. Pour me faire un portrait juste, il faut prendre du recul. C'est sûr que je ne l'ai pas toujours eu facile, mais passer au travers de l'enfance n'aura pas été si difficile non plus. C'est même ma période de vie préférée à date. J'étais une petite fillette pas trop jolie et insolente, mais je n'avais pas continuellement la conscience d'être pauvre, vulgaire et mal élevée. Très jeune, je ne me rendais pas compte de ces choses-là, je me fondais dans les alentours. Mon environnement et mon milieu de vie m'avaient conditionnée à ne pas trop m'en faire. Je jouais avec des cailloux, des camions, mon frère, mes poings. Je rêvais d'un tricycle et peut-être d'une vie meilleure. Mais surtout d'un tricycle.

Heureusement, il y avait ma grand-mère, juste de l'autre côté du parc. Quelques pas à franchir et j'étais chez elle à me faire servir ses gentillesses de grand-mère, à me gaver dans l'abondance de ses attentions. Elle savait m'accueillir avec les meilleures crêpes du monde, des bonbons durs qui prenaient un peu l'humidité dans leur bol en verre, des biscuits au beurre dans la boîte ronde en métal et son odeur à elle. Son parfum naturel de grand-maman s'est imprégné en moi. Ses étreintes ont laissé leur empreinte sur moi, une mémoire olfactive, un truc du genre. Elle me serrait fort dans ses bras avec toute la tendresse possible pour me dire bonjour. Et au revoir. Quand elle m'enlaçait, son pendentif venait valser près de mon visage, c'était une espèce de petit crabe qui baignait chaque jour dans son parfum. En fait, ce n'était pas un crabe, mais un cancer, son signe astrologique. Un signe pas très logique. Elle en est morte. Le cancer a voulu garder son odeur pour lui tout seul et s'est jeté à son cou.

Je n'ai jamais compris ce signe du zodiaque. Je n'ai jamais compris l'astrologie. Je n'ai jamais compris comment devenir une femme comme elle.

Les Proulx et les Jeannette

La famille qui habitait l'appartement voisin de ma grand-mère était bien spéciale. Les Proulx. Tous les membres étaient roux, mais roux solide, couverts par la rousseur de la tête aux pieds. Rouge carotte rouillée. Je les surnommais platement les Roulx. Le père était roux, la mère, les deux fils et la petite Louise, tous roux. Il y avait juste le chien qui détonnait du portrait avec son poil ébène. Louise était mon amie quand même. Les Roulx n'étaient pas juste génétiquement roux, ils étaient également tous des délinquants. Le père passait un week-end sur deux en prison. La mère, en larmes et sous l'effet d'opiacés, défendait les nombreux méfaits quotidiens de ses fils. Même le chien manquait cruellement d'éducation et de savoir-vivre, mais il savait ouvrir les bouteilles de bière avec ses crocs.

Louise, c'était une p'tite teigne qui ne donnait pas sa place. Avec elle, je faisais des mauvais coups. Avec ses airs de démone, elle inventait toujours des activités malfaisantes. On vendait les jouets et autres trucs personnels appartenant à nos frères (c'était plus facile de repérer ce qui était inutile que dans nos propres affaires) pour s'acheter des sacs à surprises remplis de babioles en plastoc. Quand on a vendu, par méconnaissance, une carte de hockey recrue O-Pee-Chee de Mario Lemieux[1], nos frères nous ont foutu une maudite volée et nous ont enfermées dans un placard toute une journée. Après, on a juste vendu du chocolat.

Avec Louise, on frappait aux portes Parents-Secours du quartier en faisant semblant d'être perdues. Parfois on faisait juste pitié en parlant dans une autre langue. Toute cette mascarade pour avoir du jus, des biscuits pis une caresse sur la tête. On tenait pour acquis que les gens qui mettaient cette affiche dans leur fenêtre aimaient les enfants, alors ils nous aimeraient sans poser de questions.

C'est plus tard que je me suis posé des questions sur le concept de Parents-Secours. Me semble

1. Équivalent pour le hockey sur glace d'une carte Panini.

que les gens devraient être obligés d'obtenir un permis, à la suite d'une longue enquête policière en règle, afin de pouvoir ainsi afficher que tous les enfants sont les bienvenus chez eux. Sinon, c'est juste trop louche. Je me rappelle quand j'étais plus vieille, genre douze années accumulées, dans mon nouveau petit patelin de banlieue, il y avait une maison un peu bizarre qui arborait la pancarte Parents-Secours dans une fenêtre légèrement crasseuse. Sur le terrain de cette maison, il y avait une quantité effroyable d'animaux en plastique : des lièvres, des chevreuils, des nains, etc. Le *Neverland* de la classe moyenne. Personne, à ma connaissance, n'avait été cap' d'aller sonner et d'y demander un peu de secours...

Bref, la petite Louise, en feu comme une usine de destruction de matières dangereuses, était bien malcommode, mais elle me faisait rigoler. Les seules conneries dans lesquelles je n'embarquais pas étaient celles où Louise se dévergondait, salopement parlant. Elle montrait souvent ses parties intimes (je l'aurais écrit au singulier, car elle n'avait qu'une vulve) aux amis de ses frères, à des voisins et à des inconnus. Elle jouait aussi beaucoup trop souvent au docteur avec les petits gars. Toute activité impliquant une quelconque curiosité sexuelle me causait du dédain. J'étais assurément la plus sainte-nitouche de Burgundy.

Aujourd'hui, le père de Louise est en semi-liberté, ses frères en prison, sa mère en désintox, et Louise offre ses services quelque part sur la rue Ontario. Pis le chien a fini par mourir à l'âge improbable de vingt ans.

Louise, c'était un nom d'adulte. J'avais compris que certains enfants avaient le droit de porter des noms d'adultes, que c'était seulement une mode. En 80, gagnaient en popularité les prénoms : Mélanie, Julie, Karine, Isabelle, Stéphanie et trop de Jennifer ; Jonathan, Alexandre, Mathieu, David, Maxime et trop de Kevin. J'étais un peu déçue d'apprendre qu'on ne changeait pas de prénom en vieillissant, je voulais don' m'appeler Manon. D'ailleurs, je croyais que toutes les grands-mères s'appelaient Jeannette. Ça me paraissait évident puisque mes deux grands-mères se prénommaient Jeannette. Et quand je sortais avec ma grand-mère, parfois, on lui demandait son nom de jeune fille. Je pensais aussi que l'association des jeannettes (l'équivalent sexiste des scouts pour les fillettes) portait ce nom en l'honneur des grands-mères. Je me suis déjà inscrite dans les jeannettes au début des années 90 parce que je trouvais le petit uniforme mignon. J'ai quitté la formation après quarante minutes, furieuse et sans le petit uniforme mignon. L'activité du jour avait consisté à préparer du chocolat chaud pour les garçons qui jouaient au hockey sur la patinoire extérieure. « Cool ! On va pouvoir jouer au hockey nous autres aussi ? » « Non, on ne fait que leur servir la boisson chaude pour être gentilles. » « Tu veux dire qu'on jouera pas au hockey ? » « C'est ça. » « On va juste leur servir du chocolat chaud, à eux qui jouent au hockey pis pas nous ? » « C'est ça. » « Voyons donc ! C'est ben pas juste ! Ayoye ! Reprenez-lé votre foulard laitte ! J'm'en vas jouer sur la glace ! Vous viendrez me servir du chocolat chaud si ça vous tente pis je l'veux ben brûlant ! » J'ai troqué la chemise bleue et le foulard jaune contre un plastron de gardien de but pis je suis allée arrêter des rondelles avec mon style papillon.

Je n'étais pas si bête de croire que toutes les grands-mères s'appelaient Jeannette. Ma théorie est demeurée tangible jusqu'au jour où (toujours quelque part dans mon décevant début des années 90) une amie m'a raconté qu'elle passait les fins de semaine chez sa grand-mère Nicole. « Tu veux dire ta grand-mère Jeannette. » « Non, ma grand-mère Nicole ! » « Ben là, si c'est une grand-mère, elle s'appelle Jeannette ! » « T'es ben niaiseuse ! C'est *ma* grand-mère, je sais comment elle s'appelle pis elle s'appelle Nicole. » « Pauvre toé ! T'es ben idiote ! » Je suis partie fâchée contre cette amie conne. Arrivée à la maison, ma mère m'a expliqué, sur le ton qu'on prend avec un enfant de quatre ans un peu autiste, que j'étais dans l'erreur. Je me sentais humiliée. Toutes ces années, la vérité s'était jouée de mon cerveau. C'était moi, la conne. Pour maintenir ma fragile réputation et conserver un tant soit peu de fierté, je n'ai plus jamais rappelé la petite-fille de Nicole.

Ma cabane au Canada

J'ai longtemps rêvé d'une cabane dans les arbres comme celles que conquéraient les enfants dans les films. Mais il ne poussait pas d'arbres assez forts à Burgundy pour soutenir mes rêves d'enfance. Que des petits arbres frêles et un peu morts. J'ai toujours tripé sur les cabanes. Il y avait quelque chose de rassurant à m'engouffrer dans de petits endroits clos et restreints. Des tentes échafaudées de draps savaient donner à mes après-midi une intimité singulière. Je me glissais tant bien que mal dans des boîtes de carton. Les petites, les moyennes, les grosses, les gigantesques ; à mes yeux, elles incarnaient toutes une amusante forteresse de réconfort. C'était plus fort que moi : dès qu'une boîte s'ouvrait devant moi, peu importe sa dimension, j'y entrais. Je fais ça encore aujourd'hui. Ma souplesse peut devenir assez étonnante. Peut-être lorsque je mourrai, on pourra me mettre dans une micro-boîte ? Plier mon corps pourri et le compacter pour que ça rentre. Genre une boîte à surprise avec la manivelle, la musique pis le ressort.

Noël 87, chez mes grands-parents paternels qui habitaient le quartier Saint-Henri : une boîte, vidée de son contenu, traînait dans le salon près de la porte d'entrée. Aussitôt, je me suis insérée à l'intérieur. Mon père et mes oncles riaient, car la boîte était vraiment petite. « On pourrait te mettre sur le bord du chemin comme une poubelle pis personne s'en rendrait compte ! » Ce qui voulait dire que mon spectacle de contorsion avait réussi, j'étais ben cachée. « Aweye, t'es pas game ! Ça me dérange pas, ça va être drôle ! » Comprenant que je l'appuyais dans sa démarche immature, mon père a pris la boîte avec son nouveau contenu, moi en l'occurrence, et m'a déposée en bordure de la rue Workman, telle une ordure. Je trouvais ça très comique et j'étouffais mon rire taquin contre les parois cartonnées de ma petite maison. Et j'ai attendu que quelque chose se passe ; qu'un passant me déballe, qu'un piéton me shoote dedans, que mon père revienne en riant. J'ai attendu. Je commençais à avoir froid dans mon minuscule abri mal isolé. J'ai attendu. Il ne se passait rien. Rien comme dans tout le monde s'en foutait. Les gens dehors, dont j'entendais les pas écraser la neige, ignoraient ma cachette. Ma propre famille fêtant Noël ne semblait pas remarquer mon absence. Après plus d'une heure, je trouvais finalement mon jeu ennuyeux et frisquet, alors je suis retournée frapper à la porte de mes grands-parents. Ma mère se demandait en esti ce que je faisais là, dehors, en pyjama, à – 20 °C. Mon père, le visage déconfit, a réalisé qu'il m'avait oubliée. Ce n'était plus drôle, et plus rien n'était festif tout d'un coup. L'alcool avait trop coulé, ils avaient oublié leur propre fille, quelle bévue ! Les tantes criaient : « Irresponsables ! » Mes parents ripostaient. Mes grands-parents s'interposaient. Finalement, une dispute a éclaté pis on a dû rentrer chez nous à Burgundy. Noël 87 était fini pis c'était ma faute, mais je me réjouissais que ça passe sur le dos de mon père faque je disais rien en essayant de faire un peu pitié.

Peut-être pour se racheter, le printemps suivant, mon père m'a offert par surprise une esti de grosse boîte. Elle était vraiment énorme et il l'avait soigneusement arrangée en forme de maison avec un toit pointu. J'étais aux anges ! J'ai passé la journée à la peindre en mariant le réalisme et la fantaisie : fenêtres s'ouvrant sur le monde avec des volets mauves, briques rouges exprimant la solidité, gazon verdoyant dans le bas et quelques fleurs agrémentant la beauté de ma maison. Ce n'était plus une cabane de carton, c'était *ma* demeure. J'ai dormi dedans avec mes doudous préférés. On était bien.

Au petit matin, après avoir fignolé quelques retouches avec mes crayons Prismacolor, je devais aller faire ma fraîche-pet et la montrer à tout le voisinage. J'ai sorti mon coquet domicile sur le gazon à côté de l'immeuble. Tout le monde me disait que j'avais une belle cabane. Je corroborais leurs dires en battant des cils et je souriais en contemplant avec eux la beauté de mon nouvel univers. Deux fillettes se sont approchées de mon domaine. Je ne les avais jamais vues auparavant, elles devaient être en visite. Hypnotisées par ma demeure, elles ont amorcé un bavardage de type protocolaire. Je supposais. En fait, j'en avais aucune idée, car elles parlaient en anglais. Bien habillées, bien coiffées et avec un fort accent qui sonnait très aigu, elles me tapaient déjà sur les nerfs ; par chance qu'elles n'étaient que de la visite, elles auraient été sujettes à mes bagarres. Je faisais la gentille parce qu'elles étaient deux et parce que je me sentais zen dans mon chez-moi ornemental. Alors, les Anglaises papotaient avec moi. J'ai tenu pour acquis qu'elles me décrivaient leur admiration avec des synonymes et des simagrées de langue anglaise. Par politesse, je répondais des « yes-no » à tout bout de champ. Mon vocabulaire in English n'était à l'époque constitué que de ces deux mots. On discutait comme ça, agréablement : « Yes », « No », « Yes », « No ». Je me débrouillais plutôt bien. « Yes », « No », « Yes ».

J'ai dit « yes » au mauvais moment. Dès que je l'ai prononcé, les deux Anglaises ont confisqué ma cabane ! Elles ont eu le front d'accompagner leur vol de rires et de cris joyeux à l'anglaise. « Hihihi ! Thank you ! Hihihi ! » Elles sont parties au loin, emportant mon château de carton et mon bonheur. Je suis restée longtemps en larmes, le regard vide qui ne les fixait plus ; elles étaient rendues trop loin de ma vision embrouillée. *Fuck !* (Je connaissais aussi ce mot.)

Je venais de me faire avoir, de me faire humilier et voler. Parce que je ne comprenais pas l'anglais. Mon erreur et ma faiblesse ont fait de moi et de ma cabane des victimes parfaites. Quelle naïveté de ma part. J'en voulais davantage à mon manque d'intelligence qu'aux deux p'tites pestes. J'ai ravalé mes sanglots et j'ai commencé à apprendre l'anglais. *Don't mess with me again motherfuckers !*

Cache-cache

J'ai continué à aimer les cachettes et je m'habituais au caractère éphémère de la chose. Je ne m'attachais plus aux boîtes de carton, je les jetais après usage. J'ai appris à m'intérioriser ailleurs. J'ai découvert le recueillement dans les coffres de voiture. Je me créais un royaume accueillant dans les greniers et les placards. Les égouts étaient les seuls endroits où je ne m'aventurais pas. J'ai fait des cauchemars après l'histoire de la fillette de 18 mois restée coincée plus de 58 heures dans un puits au Texas en 87. Les nouvelles en ont tellement fait écho, tout le monde ne parlait que de cette affaire-là. Puits, égouts, caniveaux, bouts de tuyau qui dépassent, tout ça revenait au même et représentait le danger.

Un dimanche après-midi, mon frère et moi étions assis pas attachés sur la banquette arrière de la Nissan Sentra de ma mère, pendant qu'elle déposait un chèque à la banque. En bonne joueuse de tours, j'ai décidé d'aller me cacher dans le coffre de la voiture avec la complicité malveillante de mon frère. À son retour, ma mère l'a questionné : « 'Est où, Mélanie ? » « 'Est partie au parc avec ses amies. A vient pus avec nous autres. » « Bon, tant pis, bon débarras ! » « Ouin ! Ahahah ! » Ma mère a conduit jusqu'à la Plaza Alexis-Nihon en parlant dans mon dos avec mon frère. « 'Est jamais tranquille, elle, hein ? » « Non ! 'Est fatigante en maudit ! » « Va ben falloir faire de quoi 'un m'ment d'nné ! » « Laissez-la donc à l'asile ! On pourrait avoir un autre chien à 'place ! » « C'est vrai que c'est ben plus obéissant un chien, hein ! » Ils ont parlé ainsi durant les dix minutes du trajet qui m'ont paru encore plus lamentables que les minutes d'une messe. J'étais renversée d'avoir entendu tant de méchancetés. Ils sont débarqués et moi je suis restée dans le coffre de la voiture à pleurnicher encore. Tout le monde m'haïssait. Comment devenir aimable quand on me détestait tant ? Ah, et puis tant pis ! Je vais vous emmerder jusqu'à ma majorité ! Avec ma peine inconsolable qui s'est rapidement transformée en haine inconcevable, je suis sortie du coffre par la banquette arrière. J'avais un plan : je comptais faire vraiment pitié aux yeux de ma mère afin qu'elle se sente obligée de m'acheter un gadget ! Et ce, même si elle m'avait prévenue avant le départ qu'elle ne m'achèterait RIEN. Sauf que là, j'allais la faire sentir tellement coupable qu'elle n'aurait pas d'autre choix. Alors, je me suis mise à chercher ma mère dans le centre commercial. Chez Zellers, RadioShack, Rossy. Esti, elle était nulle part ! Là, je paniquais pour de vrai. J'ai dû faire le tour de cette grande surface de cas soc' au moins dix fois. Jusqu'à ce qu'un vigile me voie en larmes donner des coups de pied dans un présentoir d'habits laids. Il m'a amenée dans ses bras, car je faisais la morte, jusqu'à un bureau secret. Il a appelé ma mère au haut-parleur. Trois fois. Quand je l'ai vue arriver, dans sa face, il y avait un mélange de stupeur, de frustration pis d'inquiétude. Bref, je ne comprenais pas les émotions qu'elle manifestait. Mon frère, lui, il était juste plié. On est tout de suite repartis, et c'est dans la voiture que j'ai compris que ma mère était juste en tabarnak. Moi aussi, parce que j'ai même pas eu de gadget.

Ça ne m'a pas servi de leçon. Quelques jours plus tard, je suis allée me cacher dans la voiture à mon père. La porte arrière était déverrouillée faque je me suis installée là pour manger mes bonbons, tranquille, à l'abri des moqueries. Mon frère pis ses amis n'arrêtaient pas de m'agacer avec leurs lance-pierres. Ça me tentait pas de partager et je voulais la paix. J'étais bien. Je me suis un peu endormie. Jusqu'à ce que j'entende la porte claquer et le moteur gronder. J'ai ouvert les yeux. La nuit s'étendait, pis Steve-Carol conduisait ! « Heille ! Quessé tu fais là, maudit voleur ? » « Ah ! Ben tabarnak de p'tite crisse ! Débarque de d'là ! » « C'est l'char à mon père, maudit cave ! C'est toé qui descends d'icitte ! » « Ma p'tite… » « Aweye, sinon j'appelle la police ! » Steve-Carol a laissé la voiture sur le bord de la rue et il s'est enfui, ses cheveux longs au vent. Mon cœur battait la chamade, mais j'étais fière. J'avais huit ans pis j'avais fait peur à un voleur. J'allais régner dans le quartier avec ma bravoure, j'allais imposer le respect dans Burgundy, à mon frère, ses amis pis toute. Wow ! Mon père serait sûrement content, peut-être même qu'il irait m'acheter une surprise. Mais mon retour ne s'est pas déroulé comme je l'imaginais. La volée que j'ai reçue m'a surprise, certes, mais surtout je me suis fait engueuler assez longuement. Tout le monde me cherchait, personne ne savait où j'étais, et le vol de la voiture aurait pu mal se dérouler. Ça n'avait pas été prudent de ma part. Je suis passée de superhéroïne-sauveuse à p'tite-imbécile-écervelée. Sérieux, mes parents ne savaient pas apprécier tout ce que je faisais pour eux.

Qu'à cela ne tienne, jamais deux sans trois, j'avais découvert une cachette que j'affectionnais particulièrement. Les banquettes de voiture sont vraiment plus moelleuses qu'un carré d'asphalte. L'odeur euphorisante de renfermé et de fumée de cigarettes m'apaise. Souvent, dans les arrière-cours, je tripatouillais les poignées des voitures stationnées. Dès que l'une d'elles s'ouvrait, j'avais le loisir de pénétrer dans un univers juste à moi. Je fouillais sous les sièges, dans la boîte à gants (qui ne contenait jamais de gants) et dans les pochettes derrière les sièges. Il y avait plein de petits trésors : des revues pornos, des bonbons de vieux à la menthe, des sachets de j'sais pas quoi, des briquets et des cigarettes. J'en profitais pour me pratiquer à fumer pour quand je serais grande. Je parlais toute seule ou à mes amis inventés. Je m'imaginais souvent draguer un beau gars qui s'appelait Colin, ou Samuel, tsé, un nom de bon p'tit gars. Il me trouvait drôle et il finissait par me trouver belle. On devenait un couple comme Bonnie and Clyde en se foutant de tout.

Enfermée de même dans une voiture avec juste mon imagination qui défile, je me sentais tellement bien. Mon monde prenait une pause et devenait beau. Sauf que je finissais toujours par m'endormir. Un soir, j'étais couchée sur la banquette arrière du Grand Prix de mon père. Juste après l'heure du dîner, mais on n'avait pas dîné cette fois-là. Mon père est entré dans la voiture et a fermé la portière avec une énorme frustration. Il a démarré en faisant crisser les pneus. Il sacrait beaucoup. J'ai eu un peu peur, alors, silencieusement, je me suis baissée au sol pour ne pas qu'il m'aperçoive dans le rétroviseur. Il a stationné le véhicule en laissant rouler le moteur. Il est sorti du véhicule rapidement en laissant la portière ouverte. Je l'ai entendu cogner à une autre portière. J'ai relevé juste un peu la tête vers la fenêtre afin de voir ce qui se passait. J'ai vu un homme lui ouvrir. J'ai vu mon père frapper cet homme avec ses poings. Beaucoup. Fort. Encore. L'homme n'a jamais pu répliquer. Il était affalé par terre. Mon père continuait avec ses pieds. Beaucoup. Fort. Trop. Je pensais que l'homme était mort. C'était extrêmement violent et c'était pour de vrai. Mon père est revenu dans la voiture sans émotion. J'étais sur les nerfs, mais figée en même temps. Je voulais savoir : était-ce l'homme qui était méchant, ou mon père ? J'avais tellement peur de la réponse. J'avais juste peur de tout. Je ne bougeais plus. Je retenais mes larmes en mettant ma main devant ma bouche. Je ne voulais même plus respirer. Tout m'étouffait. Je ne voulais plus jouer à la cachette.

Cache-cache

Terminées, les parties de cache-cache, j'avais dorénavant la trouille d'y trouver des vérités. Il y avait seulement dans ma tête que je pouvais désormais me réfugier, même si les gens me traitaient de folle, c'était plus sûr pour moi. Je resterais dans ma tête. Et j'y cacherais toute la laideur que je connaissais.

Le clown qui rêvait d'être une princesse

J'ai toujours aimé jouer dehors. Les parcs, les arrière-cours, le terrain des voisins ; tout ce qui sentait l'herbe, la boue, l'asphalte devenait mon espace de jeu. Le fun, il était à l'extérieur. Pis dehors, à Burgundy, même si ça sentait souvent les poubelles, ça respirait mieux que chez nous. À la maison, tout puait : la cigarette, la vieille moquette, l'haleine de saoulon pis le moisi. Les niveaux de dangerosité intérieur et extérieur s'équivalaient quasiment. Pourvu que mon grand frère ne soit pas trop loin et le soleil non plus. Je rentrais systématiquement pour le dîner ou à la tombée de la nuit, s'il n'y avait rien à manger. La noirceur de mon quartier m'intimidait. Elle suffisait à m'effrayer et à activer ma paranoïa. Je l'évitais. Sauf les soirées d'Halloween. C'était l'exception pour tous les enfants. On se bourrait de sucre comme des junkies et on errait en groupe comme des zombies, sous les regards attendris de deux-trois mamans accompagnatrices. On frappait à toutes les portes en réclamant le dû qu'imposaient nos déguisements. La nuit s'annonçait et je continuais quand même, rien à foutre des rumeurs de maniaques, je suivais la parade. Des bonbons gratis, 'barnak ! Lorsque ma taie d'oreiller devenait trop lourde, je renonçais, épuisée. Sans pour autant tout laisser tomber, puisqu'une fois rentrée, je faisais l'inventaire de mes bonbons et des gens radins/généreux de Burgundy.

En racontant ça ainsi, j'avais l'air de m'amuser, mais pas tant. J'étais en colère tout le long. Chaque fête d'Halloween, j'enviais les petites filles déguisées en princesses. Elles étaient toutes belles et rayonnantes. Les résidents n'hésitaient pas à les couvrir de friandises et de compliments. « Oh ! Mais t'es don' ben belle, toi ! » « Regarde-moé donc la belle princesse ! » Je n'avais pas ça, moi, des beaux cheveux longs. J'avais une boule frisée sur la tête, que ma mère se donnait pas la peine de peigner. C'était laid et toujours emmêlé. J'avais pas ça, moi, un petit minois angélique rehaussé de pommettes ou accompagné de fossettes. Non, j'avais une face haïssable, des dents bizarres pis du fluo de Kool-Aid ou de Mr. Freeze autour de la bouche. J'étais moche, je le savais, mais mes parents agissaient en hypocrites. Ils ne me le disaient pas, esquivaient la question de ma beauté en disant : « T'es une p'tite comique ! »

Quelques jours avant l'Halloween, ma mère me demandait : « Pis, en quoi tu veux te déguiser cette année ? » Je répondais, hésitante : « En princesse ? » Ma mère, hésitant davantage : « Hum… ben, non ! T'es un p'tit clown, toi ! » Alors, chaque Halloween, j'étais déguisée en maudit clown. CHAQUE année ! Le même costume a souvent été utilisé. Tellement rendu petit que mon manteau d'hiver ne rentrait plus en dessous. En moyenne, j'étais le même p'tit clown trois années consécutives, ensuite il se revampait, mais jamais au point de devenir une princesse.

Si un jour je me marie, crisse laissez-moi me ridiculiser en belle robe blanche, les bijoux, les paillettes pis tout !

Le petit Jésus

Je suis pas à 'veille de me marier. Le mariage, ça avait l'air d'une autre affaire de « filles-princesses », celles qui jouaient aux Barbie et faisaient toujours marier leurs poupées. Toujours avec le même gars : Ken. Je préférais laisser Ken aux autres. Il ne méritait pas toute cette attention, manifestement. De toute façon, j'étais pas son genre, pas plus que j'étais du genre « à marier ». Mon père m'a souvent répété que j'étais pas bonne à marier ; à en juger par mon manque d'effort et de passion pour le ménage, la lessive et la cuisine... Ç'a l'air qu'entretenir une maison est le gage de réussite de l'amour. Ce qui ne donne pas l'envie de se faire passer la bague au doigt.

La fois où j'ai presque ressemblé à une mariée, c'était le jour de ma première communion. Je ne m'explique toujours pas ce que ça signifie, ni à quoi ça sert. Ma mère m'avait habillée bien chic, et on s'était dirigées à l'église (la même où j'accompagnais ma grand-mère des fois le dimanche matin), sauf que ma première communion me donnait le droit de manger l'hostie. Y en a qui la sucent, mais comme c'est le corps du Christ, j'trouve ça un peu pervers. Je comprends pas pourquoi ils disent ça, le corps du Christ ; tout le monde le sait, que c'est des hosties, on peut en acheter des retailles au supermarché. Pis ça a aucun goût, alors qu'un corps, même celui du Christ, je suis pas mal sûre que ça a le goût de poulet.

Toujours est-il que cette journée-là, je faisais ma première communion, je portais une robe de mariée, mais format mini, blanche avec de la dentelle. C'était laid. Je n'avais pas le droit de m'asseoir nulle part (sauf sur le banc d'église) ni rien manger (sauf l'hostie). Fallait aussi que je confesse un ou des péchés, que je raconte au prêtre des choses pas correctes que j'aurais pu commettre. Je me suis toujours demandé si les gens disaient la vérité au curé, est-ce qu'un meurtrier allait vraiment avouer « S'cusez mon père, j'ai tué mon demi-frère, assassiné ma belle-sœur et violé sa fille » ? Et est-ce que le prêtre le balançait à la police ? Pour ma part, assise dans le petit cubicule aux dimensions qui s'apparentent aux chiottes de fond de cour, je n'avais rien à dire.

Les péchés ne me venaient pas. Faque, vite de même, j'ai demandé à Dieu de me pardonner d'avoir marché sur les pieds d'une camarade de classe, une petite Vietnamienne un peu fraîche-pet. J'avais pas mal l'impression que, pour l'instant, c'était l'acte le plus sordide que j'avais commis. Pour l'instant. Parce que je m'interrogeais beaucoup sur la criminalité comme une fin en soi. Je ne niais pas, quelque part dans ma tête, la possibilité qu'un jour tout puisse arriver et que ma vie puisse basculer dans la criminalité. On ne sait jamais. Je me créais des scénarios hypothétiques. Genre, admettons qu'un monsieur pas gentil tuait mon frère ou essayait de me voler. Si, pour me défendre, je le tuais par mégarde, par inadvertance, ça me rendrait criminelle, en cavale pis toute. C'est des suppositions, des *si* pis des *mettons*, mais on n'est jamais trop prudent. Alors, par prudence, l'option « peut-être qu'un jour je serai obligée de devenir un bandit » était toujours ouverte dans mon cerveau.

Ça me rappelle la plus grosse durite que j'ai pétée en public, lors d'une journée en début d'année scolaire (peut-être ma première année du primaire). Ma mère m'avait traînée dans un bureau où plein d'enfants devaient enregistrer leurs empreintes digitales par des policiers. Ils procédaient ainsi au cas où l'on se ferait kidnapper – comme la petite fille de Pointe-Saint-Charles. Je ne voyais pas en quoi encrer mes doigts allait dissuader un homme de m'enlever et de me tuer. À part réussir à identifier mon cadavre, cela n'empêchait en rien le crime de se produire. De toute façon, je ne voulais pas que les policiers enregistrent aussi intimement et de façon définitive mon identité. Je savais que mes empreintes digitales, ainsi sauvegardées dans les fichiers de la police, pouvaient anéantir toutes mes chances de devenir criminelle (par mégarde ou inadvertance). J'ai alors explosé en une grosse crise de panique identitaire. Je frappais, je criais : « Non ! Non ! Je veux pas ! Maman, t'as pas l'droit ! Au cas que je doive devenir une méchante, j'vas aller en prison ! Je veux pas qu'on me retrouve ! Penses-y m'man ! Si je dois te défendre ! L'inadvertance ! Non ! Tu peux pas me faire ça ! » Bien sûr, ma mère et les policiers ne comprenaient pas pourquoi une petite fille élaborait de devenir une meurtrière. J'évoquais seulement une possibilité.

Avec leur force d'adultes, ils m'ont contrainte à poser mes petits doigts dans l'encre maudite, marquant ainsi la fin de ma carrière de caïd. Selon eux, il valait mieux pouvoir me retrouver en tant qu'enfant disparue qu'en tant que tueuse recherchée. Les jours suivant cet enregistrement, j'étais sur le qui-vive. Je devais être sur mes gardes et faire gaffe qu'il ne m'arrive rien, ni à moi ni aux gens que j'aimais. J'étais maintenant fichée et facilement retraçable.

Bref, revenons à nos moutons, le berger, pis Jésus. Ce fameux dimanche de ma première communion, en sortant de l'église, il y avait une fête organisée chez ma grand-mère en l'honneur de moi pis de Dieu. Toute ma famille était là pis bien contente, sauf mon père. Il était pas là. Comme d'habitude. Pis Dieu non plus était pas venu. J'avais un gâteau semblable à ceux de mes anniversaires, et mes oncles et tantes m'ont donné de l'argent pour me féliciter (je ne sais toujours pas pourquoi ces félicitations m'étaient adressées). Après avoir reçu ces offrandes, c'était barbant alors je suis allée cogner chez la voisine, la petite Louise Proulx, pour lui montrer ma robe. Elle a bien ri de me voir ainsi accoutrée. On est allées au parc se balancer. Sitôt arrivée au parc, j'ai oublié que je portais une robe avec laquelle il m'était interdit de m'asseoir nulle part. Je me balançais avec la fougue de mes jeunes années et la bénédiction de Dieu. Lentement, mes beaux collants blancs sont devenus de plus en plus bruns. Sous la balançoire s'était formée une crevasse remplie d'eau boueuse, vestige des pluies de la nuit précédente. Mais n'obéissant qu'à mes exclamations d'enfant, je me balançais encore, encore et plus fort. Puis, boum ! Je suis tombée les fesses dans la mare de boue. C'était vraiment drôle. Pour nous amuser, Louise et moi avions décidé de nous traîner dans la boue en nous accrochant à nos balançoires avec les bras. On s'esclaffait dans la boue avec une vigueur décuplée. Des vagues puissantes nous ensevelissaient à grands coups de sploush ! Les passants nous dévisageaient et nous traitaient de truies. L'unique fois où j'ai porté une robe de princesse, je l'ai roulée dans la bouillasse. Pas besoin de spécifier que pour clore ma première communion, je me suis fait hurler après.

Je ne comprenais pas pourquoi il y avait des amis qui ne faisaient pas leur première communion. Ils n'étaient certes pas très intelligents puisqu'ils refusaient par le fait même de recevoir de l'argent gratis. Si on travaille pour de l'argent, et qu'on se marie pour de l'argent, ben on fait sa première communion pour de l'argent. Ces amis, pauvres d'esprit, ne suivaient pas les cours de catéchèse. Pour ça, ils étaient chanceux par contre. Ils faisaient des dessins dans un autre local. Souvent, je me suis fait sortir de la classe de catéchèse. Le prof se fâchait et me collait en retenue. Je posais trop de questions et j'empêchais le groupe d'avancer dans le programme du Ministère du Jésus. Mettons les choses au clair : je l'aimais bien, moi, le petit Jésus et toute son histoire bizarre ; je voulais seulement comprendre. Y avait des trucs qui marchaient pas, je voulais juste me faire expliquer. Comment Marie a-t-elle pu devenir enceinte ? C'est sûr qu'elle avait fait l'amour avec Joseph ou le Saint-Esprit (ou les deux dans un plan à trois), mais personne devient enceinte comme ça en s'assoyant sur une paillasse. Ça se peut qu'on descende du singe aussi. Me semble, à regarder la face de mon père, y a beaucoup de ressemblances. Les théories du Big Bang et de l'évolution, c'est logique, non ? Même Jésus, il aurait été à fond avec Darwin, j'en étais sûre. Jésus n'a pas été au bout de son potentiel. J'veux dire, il faisait des miracles, il avait un superpouvoir, pis tout ce qu'il a fait, c'était marcher sur l'eau, changer de l'eau en vin pis guérir un aveugle. Pis si les chrétiens aiment les pauvres et en ont pitié, pourquoi ils ne partagent pas ? Pourquoi leurs églises sont pleines de richesses, d'or et de bibelots qui valent cher ? Y ont juste à mettre ça en gage pis aider les plus démunis. Enfin, bref.

Ça me faisait de la peine de me faire renvoyer de la catéchèse. Je l'aimais, Jésus. Je pense que les vieux ne savent pas raconter son histoire, ils sont parfois tellement susceptibles, les adultes, avec leur manie de vouloir toujours avoir raison. De toute évidence, ils ne s'entendent pas au sujet de l'histoire du petit Jésus.

Il n'y a pas qu'à l'école que je me faisais enguirlander pour mes questions pas catholiques, à la maison aussi j'avais des sermons. Mes parents non plus ne trouvaient pas de réponses pouvant apaiser ma volonté de logique. Je cherchais seulement un sens à tout cela. Dans mon adoration du petit Jésus, je voulais obtenir des éclaircissements. J'avais demandé à ma mère si on pouvait baptiser mon petit frère et l'appeler Jésus. Ma mère m'a bêtement répondu que c'était interdit, qu'on ne pouvait prénommer un autre enfant Jésus. Je saisissais pas. Les gens réclamaient encore, après toutes ces années, le re-retour de Jésus, pourquoi ne pas faire ça simple et nommer mon futur petit frère en son honneur ? Un autre petit Jésus, l'enfant sauveur. Peut-être que porter le nom le prédestinerait à faire des miracles et à sauver l'humanité. « Non. » Ben là, vous voulez pas vous aider, chers chrétiens. J'avais une bonne idée pour revaloriser toute la situation, avoir un petit frère magique, nous sortir de la misère ou, à tout le moins, essayer. Mais non, pas le droit. Au lieu de le nommer Jésus, mes parents lui ont donné le même prénom que mon père. Un junior ! Câlisse.

Dans la cuisine, juché sur le mur du fond se tenait un vieux cadre représentant Jésus et ses apôtres durant le dernier repas : la Cène. Les bonhommes sont tous du même bord d'une table remplie de victuailles et de vin. « Ceci est mon corps, mangez-en pis ça c'est mon sang, buvez-en. » J'ai toujours trouvé que pour de misérables païens, ils se la coulaient douce en esti. Pendant que nous, en dessous du tableau, on crevait de faim autour de notre table avec notre bouffe de pauvres. Ce cadre-là me dérangeait. Un soir où l'on mangeait juste du pain dans une sauce tomate, il me donnait mal au ventre : « Y est-tu si fin qu'ça, Jésus ? » « M'as t'en faire, toé ! » Ce soir-là, j'ai aussi mangé une volée.

Un autre cadre, pire encore, était accroché au mur du corridor, près du téléphone. *Ne remercie pas Dieu pour ton travail, mais glorifie-le d'avoir la santé.* La négation pis l'abnégation ; un beau portrait de sans-génie. Plutôt absurde qu'il appartienne à mon père, un homme dévoué au BS. J'ai toujours trouvé cet écriteau insipide et je me disais que si quelqu'un appliquait réellement tous les principes de Dieu, il faisait pitié comme rarement. Je n'ai jamais compris la logique de devoir être pauvre et repentant durant notre vraie vie sur terre afin de pouvoir, après notre mort, être riche au ciel. Tsé, mettons qu'y a rien après la mort, qu'y a pas de paradis, on se fait entuber pendant longtemps… On se fait arnaquer depuis des milliers d'années, pour rien. On endure la pauvreté, subit la morosité toutes ces années pour du vent et des poussières. Je ne voulais pas courir le risque. Je n'étais pas assez naïve pour hypothéquer ma vie et mettre en péril ma vraie existence. À bas les bobards chrétiens. Je choisissais la vie. J'ai commencé à douter et à remettre en cause les histoires de Dieu et du petit Jésus. J'avais lu une série de livres pertinents qui étaient beaucoup plus crédibles que la Bible et qui remettaient en question l'existence de Dieu (Desmond Morris à cause de la couverture avec des singes dessus, Nietzsche dont le titre *L'Antéchrist* a su me tromper, et des manuels d'astronomie). Je trouvais les croyants et les personnes pieuses un peu à côté de la plaque, mais je ne le disais pas à ma grand-mère ; quand elle priait, elle était tellement belle. Il y avait une lueur dans ses yeux, probablement la foi. En tout cas, ça lui allait bien.

J'ai aussi fait ma confirmation en sixième. Par la suite, comme j'étais grande et athée, j'ai eu le privilège de suivre les cours d'enseignement moral (après moult engueulades avec mes parents). Ces classes-là étaient davantage stimulantes et significatives pour moi. J'y apprenais comment vivre en société, les bases élémentaires et structurales de la vie avec les autres et, bien sûr, les modules de FPS (formation personnelle et sociale – ou sexuelle). Quand j'ai gagné un prix en FPS, j'étais trop gênée d'aller sur scène pour recevoir ma récompense. Je n'ai donc pas assisté au gala, j'avais peur que les gens me croient une experte en matière de sexe.

À l'adolescence, je ne croyais plus du tout en Dieu. Par une folle journée de secondaire quatre, ma meilleure amie et moi avions séché pour fumer de la drogue en paix. Je me fournissais directement via la planque de mon père : une boîte en bois cachée sous son lit. Il y avait toujours une grosse boulette de hasch là-dedans, du meilleur matos que ce qu'on nous offrait partout ailleurs. J'en prenais juste un petit peu, juste assez pour me défoncer et pour ne pas que mon père le remarque. Pendant que je m'affairais à détacher juste ce qu'il faut de la motte de hasch, ma copine, assise sur le lit de mes parents, s'est exclamée : « Oh ! Ton père fume de la drogue devant Jésus ! » Elle pointait du doigt un portrait illuminé de Jésus qui souffre, cloué sur la croix avec sa couronne d'épines plantée sur la tête. « Ouais, pas mieux : nous autres, on vole de la drogue devant Jésus ! » Crisse qu'on a ri !

Adolescente, je continuais de faire chier mes parents avec la religion. Je voulais les acculer devant l'évidence. Ou peut-être juste les faire chier. Un jour, j'ai enlevé tous les cadres, affiches et images de Jésus dans la maison. Telle une possédée. En arrachant une croix, j'ai trouvé une petite clé, elle était louche. Pourquoi cette clé était-elle accrochée derrière une croix ? Quelle était son importance ? Il n'en fallait guère plus pour attiser ma curiosité machiavélique. Je me suis rappelé l'existence d'un petit coffre-fort dissimulé tant bien que mal sous une pile de laine minérale au grenier. Effectivement, la clé ouvrait le coffre secret ! À l'intérieur, il y avait une photo Polaroid dudit coffre, mais rempli de billets de banque en liasses comme dans les films. Oh, Lord ! Ce coffre avait jadis connu des jours glorieux. Pas sûre que le petit Jésus approuverait ça, du blanchiment d'argent et du commerce illégal. Seigneur, protège toutes ces affaires pas catholiques. J'ai recaché la photo dans le coffre et conservé la clé. En revenant, mes parents se sont énervés quand ils ont constaté que plus rien de religieux ne recouvrait les murs. Ils m'ont traitée de noms pas divins, ont blasphémé et m'ont punie pour quelques jours. Ils en ont aussi profité pour refaire la déco. Il y avait dorénavant beaucoup moins de petits Jésus qui trônaient dans la maison.

Mais une fois les bondieuseries balancées, je dirais qu'il restait quand même chez moi un espoir de délivrance. Je ne priais plus, mais j'écrivais dans mon journal intime qui s'appelait Kurt Cobain. Chaque page commençait par « Cher Kurt » et je lui racontais tout. Ce qui se passait à l'école, à la maison, dans ma tête. Mais ça non plus, ça ne changerait rien à ma vie, vu que Kurt aussi était mort. Les morts, ils peuvent rien faire, pas plus que le petit Jésus.

Junior

À un moment donné, il est né. L'enfant sauveur qui ne s'appelait pas Jésus, ne marchait pas sur l'eau, mais bavait beaucoup et s'appelait comme l'autre, comme le père, le mien. Son enfant préféré. Mon père s'en extasiait tellement qu'il voulait en faire un prolongement de lui-même, une extension de son égo. Un Junior.

Née un soir froid de novembre, cette petite douceur potelée suscitait tout l'amour qu'on ne mesurait pas encore. Son odeur de bébé neuf et ses moues adorables attiraient les câlins et les p'tits bisous. On l'aimait tous beaucoup, presque trop. Moi qui n'avais jamais su jouer aux poupées, à part leur péter dans la face, je me débrouillais plutôt bien avec mon nouveau frère. Mon p'tit frère. Il était vraiment beau, petit, inoffensif et vulnérable. Ma mission était de le protéger contre tout, contre Burgundy, et contre le père aussi. Jamais je ne le laisserais se faire gronder et crier dessus. Quitte à l'emmailloter et à me sauver avec lui. J'avais compris que c'était fragile, un bébé ; fragile de partout, en dedans comme en dehors. Ça ressent plein de choses. À l'œil, un bambin, ça a l'air un peu bête, mais ça ne l'est pas ; ça veut juste se faire aimer.

C'est quand tu grandis que tout se gâche. Parce que, là, les adultes croient que t'es plus fort, faque ils t'aiment moins. Il faut apprendre tout seul et se forger un caractère. Vient un temps où t'as plus le droit de recevoir des bisous pis des câlins. À six ans, on ne voulait plus m'en donner. Sauf le bébé, lui il m'en donnait plein même si j'avais onze ans. Il m'aimait beaucoup et je le faisais rire.

Sauf que le bébé devenait le p'tit dernier, le bébé de la famille. Ce n'était plus moi. Je cédais ma place. Je devenais, un peu à contrecœur, l'enfant du milieu. L'enfant bizarre et problématique. L'enfant qui convient moins, tout d'un coup. C'était nul à jouer comme nouveau rôle. J'aurais voulu rester bébé, moi aussi.

Junior incarnait la rédemption. Il était l'enfant qui allait tout changer. Avec lui naissaient l'espoir et la possibilité de faire mieux. Pour le p'tit, on a déménagé sur la Rive-Sud, en pleine nuit comme des voleurs. Nous sommes partis à l'anglaise, sans payer les trois derniers loyers. J'avais onze ans. Préado ; plus bébé ni totalement enfant, mais pas assez grande pour être adolescente. Prépubère. Esti que ça allait pas bien.

La violence (encore et encore)

Je porte le nom de famille de mon père. C'est lourd, des fois. Pernicieux et indifférent, mon père n'a jamais su ou voulu prendre soin de moi. J'ai cherché mon père, son approbation, sa fierté et son amour. Je ne les ai jamais trouvés. Dès ma naissance, il pensait m'endurcir en me laissant pleurer. Il croyait me rendre autonome en ne me donnant pas d'attention. Il n'a jamais changé ma couche ; il prétextait que la merde l'écœurait. Comme si les femmes, elles, elles aimaient ça ! Voire que dans nos chromosomes X, c'est l'appréciation des fèces qui nous différencie. Pour toutes sortes de raisons incohérentes, mon père n'a jamais joué avec moi, ne m'a jamais donné le bain, jamais bordée, n'a jamais assisté à mes spectacles ni à ma remise de diplôme. Hein, je vais le dire : ça s'appelle de la négligence.

Il ne m'a jamais vraiment parlé non plus. Juste crié dessus. En plus d'avoir le vocabulaire pauvre, il sacrait, articulait mal et tenait continuellement des propos haineux. Ses gestes étaient tout aussi destructeurs : des tapes, des claques, des coups de ceinture, des poussées. Une fois, en voulant écarter sauvagement ma mère de son chemin, il l'a bousculée et elle s'est ouvert le front sur une porte d'armoire qu'il n'avait pas refermée. Même s'il s'excusait tout le long dans la voiture en la conduisant à l'hôpital, son geste restait insouciant. Un soir, alors que je refusais de manger, il m'a plongé la face dans la casserole de pâtes encore chaudes. « Esti qu't'es cave ! Manges-en astheure, j'ai craché d'dans ! » Il m'a couru après pour me faire encore plus mal et pour que je comprenne encore plus. Je me suis enfermée dans ma chambre. D'une main, j'ai pris mes nunchakus et de l'autre, j'ai saisi le téléphone. « Si tu rentres pour me frapper, j'me défends pis j'appelle la police ! » Il m'a ri au nez : « Penses-tu qu'tu m'fais peur, ma p'tite crisse ? » « Non, pas tu-suite, pas tu-suite. Mais 'un m'ment d'nné ça va être à mon tour de t'en crisser une ! » Il s'est retourné vers ma mère en m'abandonnant à mon sort : « Va t'occuper de ta fille avant que j'm'en charge ! »

Un autre jour, encore à bout de patience, il a pris mon frère par la gorge et l'a lancé en bas des marches. Je ne me souviens même plus pourquoi. Je pense que c'était la fois où mon frère voulait arrêter l'entraînement de hockey.

Mon père carburait à la menace. Il nous faisait tout le temps peur, ça le motivait et le faisait se sentir puissant. Il aimait me courir après en gueulant et frapper dans le mur à deux pouces de ma face. Chez nous, il y avait beaucoup de trous qui décoraient les murs. À basse hauteur. Sûrement que la visite pensait que mon frère et moi étions les coupables. Le Gyproc conservait les traces d'une violence assommante. Pas la plus grave, mais je vais le répéter : dévastatrice et pas nécessaire.

Évidemment, je garde des séquelles, des troubles que je ne désirais pas et des symptômes que je n'ai pas créés. Des affaires complexes dont il est difficile de me débarrasser. J'essaie de les ignorer en espérant naïvement les vaincre, mais c'est comme une partie de moi qui reste là, indélogeable comme un organe inutile, un appendice, genre. On dit que c'est une partie essentielle de mon bagage, que ça fortifie ma personnalité ; on m'a répété ad nauseam que le passé modèle ce que nous sommes au présent et blabla. Je suis plaignarde, j'ignore ce qu'est une enfance véritablement difficile. Dire que des enfants au Burundi envieraient ma belle jeunesse à Burgundy ; je répète que je connais la ritournelle *Quand on se compare, on se console*. Juste *fuck you*. Tout ça n'est qu'une forme sagement donnée au déni.

Je porte le nom de famille de mon père. C'est lourd, des fois. Ça m'identifie directement à lui. Je sais que tout est dans ma tête : la douleur, la détresse. Psychologiquement, la violence a fait son carnage, par en dedans, insidieuse et incisive. Des fois, la détresse revient me frapper en pleine face devant une situation anodine. Le coup de poignard peut survenir comme ça, sans s'inviter quand je promène mon chien, par exemple. Beaucoup de chiens sont entrés dans notre famille. Aucun n'est resté. J'ai une affection naturelle envers ces bêtes. Petite, je rêvais d'un meilleur ami, d'un compagnon fidèle, d'un toutou qui donne la papatte. Mon père, sur un coup de pas-de-tête, achetait un chien comme on achète un gadget électronique. Il le trouvait mignon deux jours et il s'en lassait. Il le battait régulièrement, et devant moi. Sans aucune explication ni logique, simplement parce que le chien se comportait comme un chien. Une volée parce qu'il avait pissé ou aboyé, un coup de pied parce qu'il avait bavé ou grignoté. Avec une insistance malsaine, mon père maltraitait l'animal.

Le chien pleurait et tremblait. Moi aussi. Le chien avait peur et était malheureux. Moi aussi. Devant ces pénibles spectacles, prise de crainte et de dégoût, je vomissais. J'ai fugué une fois avec mon boxer Rocky. Mais je l'ai perdu en chemin. J'ai ainsi brièvement connu une dizaine de chiens. Tous gentils et adorables, et qui n'ont jamais mérité d'être accueillis chez nous. Triste destin pour un toutou. Ou un enfant. Je vais le crier : mon père n'aurait jamais dû avoir le privilège de posséder un animal. Ni un enfant. Il n'en a ni les capacités ni le désir. Donnez-lui juste une autre bière pis une autre raison de chialer, c'est tout ce qui l'intéresse.

Les spécialistes

Je suis allée deux fois en institut. La première fois, à cinq ou six ans. J'étais détestable et trop turbulente. Je ne tenais pas en place et ne donnais pas la mienne non plus. Faque ils m'ont placée.

Tout le monde répétait à ma mère que j'étais un monstre. Ils n'avaient jamais rien vu de tel, peut-être même que j'étais folle. À bout de nerfs, ma mère a pris rendez-vous avec des spécialistes. Ils ont tenu comme discours que j'étais intenable. Ma mère s'entêtait et contredisait les praticiens. « C'est impossible, docteurs, c'est juste une enfant ! » Ils ont diagnostiqué un TDAH (à l'époque, ils disaient juste « crisse de mongole » ou « trouble d'hyperactivité »). Ils voulaient me donner du Ritalin (à l'époque, on disait des « calmants » ou des « pilules pour les nerfs »). Ma mère n'a rien voulu entendre. Les seuls comprimés qu'elle me donnait, à cet âge, étaient les vitamines Pierrafeu ; pas question de m'assommer avec leurs pilules d'adultes.

Le spécialiste, en bon vendeur, lui a alors proposé de m'inscrire à une espèce de camp de vacances avec d'autres enfants comme moi. Il vendait sa salade et sa vinaigrette : j'allais m'amuser, dépenser de l'énergie, me faire des amis, blabla. Même moi, assise entre ma mère et son inquiétude, ça me tentait. Ça avait l'air marrant, de la manière que le docteur en parlait. Devant mon enthousiasme et la confiance du médecin, ma mère a acquiescé en murmurant : « On pourra pas dire que j'ai pas toute essayé. »

Le lundi suivant, les scénarios de films joyeux classés E pour tous que je me faisais d'un camp de vacances se sont transformés en drame psychologique de série B. J'entrais à Pinel. Oui, Pinel comme dans asile, pis asile comme dans pas marrant du tout. On m'a accueillie en me servant un gobelet de céréales sèches. C'était un petit gobelet en carton que les infirmières remplissaient de médicaments. Le premier matin, j'ai eu droit à des Froot Loops dedans, mais les jours suivants, c'étaient des pilules qui ressemblaient à des céréales. Après quelques jours, je ne faisais plus la différence.

Il y avait un petit dortoir avec des lits minables qui faisaient penser à des chaises de jardin ou de plage. Les autres hyperactifs et moi (pourtant on était tellement au ralenti, on ressemblait davantage à des zombies qu'à des énervés), on faisait des siestes dans ces petits lits de fortune, et nos nuits aussi. Il y avait toujours des surveillants qui marchaient de long en large. On avait intérêt à ne pas parler, à ne pas bouger et à s'endormir au son de leurs pas. Sinon, je sais pas trop ce qui arrivait, mais j'entendais des enfants se faire taper les fesses, du moins je le présumais. D'autres récalcitrants se faisaient expulser pour aller dormir dans un lit où ils se faisaient attacher.

Je n'ai jamais été aussi tranquille de ma vie. Je ne connaissais personne et aucun des autres enfants ne m'inspirait de l'amitié. Je les trouvais stupides. Je pensais trouver d'autres allumés comme moi, d'autres curieux qui veulent tout savoir. Mais c'étaient tous des petits cons, des vrais haïssables.

Il y avait des petits cubicules où un enseignant venait faire comme à l'école normale. Sauf que c'était nul. Il nous faisait regarder des vidéos d'attardés et nous posait des questions sans aucun rapport après le visionnement. Des fois, il nous montrait des images au lieu des vidéos, mais c'était toujours aussi rasoir. On n'avait pas de cahiers ni de livres. Pis le professeur passait son temps à faire de la discipline et à être sévère. Et il nous réprimandait bizarrement. Il utilisait l'humiliation. Je me rappelle qu'il a disputé une petite frisée qui pleurait en la faisant s'asseoir dans la poubelle. Je crois qu'elle pleurait parce qu'elle voulait aller faire pipi, et l'enseignant l'a réprimandée en la faisant uriner dans la poubelle devant nous tous. La petite frisée pleurait deux fois plus. Leur méthode n'était pas très efficace.

J'avais aussi des leçons privées qui étaient encore plus lamentables. Le monsieur en sarrau blanc me faisait passer les fameux tests des taches d'encre sur un carton. Il me demandait de lui décrire ce que j'y voyais. Je n'ai jamais compris comment certains débiles voyaient leur père, leur enfance ou leur douleur. Calvaire, c'est des papillons ! À chaque dessin que l'autre tache me réclamait de définir, je répondais « un papillon ». Un papillon content, un papillon fâché, un papillon posé. J'ignore ce que cet homme a pu conclure avec mes résultats. Il m'a probablement posé un diagnostic de chenille.

Nous étions en décembre, je le savais, car mon anniversaire approchait et celui de Jésus aussi. Les intervenants avaient organisé une assemblée avec le père Noël sur une scène (pas le vrai, là, un personnificateur pas assez vieux et pas trop à l'aise). Il distribuait des cadeaux aux petits mongols qui n'avaient pas été trop mongols cette année. Seuls les enfants qui résidaient à Pinel, « les permanents », pouvaient recevoir les présents du père Noël. Ce qui était normal. Ils faisaient pitié, ces enfants-là, coincés dans un asile, rejetés par leur famille et condamnés à n'être jamais normaux. Être normal ou avoir l'air de l'être, c'est quelque chose d'assez rassurant. Ça donne des repères et sécurise. Tous les parents souhaitent un enfant en santé, c'est-à-dire : normal. Et tous les enfants souhaitent l'être et veulent aussi des parents normaux. Mais dans le cas contraire, ils ne peuvent pas placer leurs parents, eux autres. Une chance, les asiles déborderaient.

J'étais donc assise dans le fond de la salle à regarder l'anarchie de Noël se dérouler. Les intervenants criaient plus fort que le père Noël, ça finissait plus. À travers le chaos, on m'a appelée. Le père Noël avait mentionné mon nom. Mon prénom suivi de mon nom de famille. Yé, un cadeau pour moi ! Je me suis levée pour recevoir ma surprise et me suis dirigée vers la scène où trônait le seul père prêt à m'affectionner. Mais j'ai été rapidement interrompue dans mon élan joyeux par deux colosses en blanc qui ont pris mon petit bras tout maigre et m'ont empêchée d'atteindre la scène. J'en ai fait une, scène. Les gardes essayaient de me faire comprendre que le cadeau n'était pas pour moi, mais pour une autre petite fille portant le même nom. Wô ! Je n'y comprenais rien. Et eux non plus. J'avais beau les injurier et leur crier « Non ! Non ! C'est moi, ça, Mélanie Michaud ! C'est moi ! C'est pas elle ! C'est une menteuse ! J'vous jure que je m'appelle Mélanie Michaud ! C'est mon cadeau ! Moi ! Moi ! Moi ! », ils m'ont attachée dans la petite salle grise capitonnée. Le personnel m'avait tellement bourrée de sédatifs que l'incident avait les échos d'un rêve. Mais la p'tite garce comme moi, c'était qui, ça ? Si elle portait le même prénom et le même nom de famille, c'était moi ? Un genre de clone ou quelque chose de semblable ? Avait-elle la même vie que moi ? Me ressemblait-elle physiquement ? Je voulais la rencontrer et la voir. Il n'en était pas question. Le personnel hospitalier n'était pas très hospitalier. On avait sûrement peur que je lui vole son cadeau. Je me foutais bien du cadeau, il y avait là une situation beaucoup plus problématique : j'étais deux.

Jamais je n'ai su qui était cette damnée autre moi. J'ai mis cet événement dans le tiroir des affaires non résolues dans ma tête et j'ai continué ma vie. Pas l'choix, sinon cette histoire allait me rendre folle pour de vrai. C'est con, mais après, je me sentais quand même moins seule.

Deux semaines après l'incident de Noël, ma mère est venue me voir. Au lieu de prendre de mes nouvelles comme d'habitude, elle m'a prise par le bras pis on s'est sauvées de ce lieu. Elle ne me reconnaissait plus, tellement j'étais hébétée et amorphe.

Faque j'ai pu retourner à ma vie normale à Burgundy. J'ai pu recommencer à être hyperactive et à lancer des boules de neige sur les voisins.

J'étais contente que ma mère ne m'abandonne pas à l'institut. J'aurais mal viré, si je me fie aux regards tristes et vides de ceux qui vont y crever. Les arrière-cours de Burgundy étaient mieux adaptées à l'enfant que j'étais, avec le potentiel que j'avais.

À Burgundy, quand j'avais mal, quand je souffrais ou juste quand je faisais semblant, quelqu'un pouvait me réconforter. J'avais la naïveté méthodique et la manipulation assez efficace pour faire pitié aux yeux de quelqu'un. Ma mère, ma grand-mère, mon frère, un oncle ou un grand skateur dans le parc ; autant de samaritains qui pouvaient mettre un baume sur une douleur ou un sparadrap sur une éraflure. Je n'étais pas seule.

On appelle ça des semblables.

À Sainte-Catherine, il n'y avait plus personne. Plus personne pour m'entendre pleurer, plus de grandes personnes pour me soulever de terre, plus personne pour colmater mes trous émotifs, plus personne pour tirer d'un coup sec sur mes pansements. J'étais trop vieille pour faire pitié et jouer la pauvre fille esseulée. Faque je restais toute seule avec ma peine d'ado, peine qui devenait, elle aussi, beaucoup plus sérieuse. Grandir était une tâche trop grande pour moi.

Je trouve que ça se voit chez une personne, qu'elle a subi des lacunes affectives durant son enfance. Si j'avais su. Je ne savais pas où ma névrose irait quand, à dix ans, j'ai commencé à ronger mes ongles. Je ne savais pas que tout est là-dedans, dans la façon dont je parle et réagis. Tout ce que j'ai haï réapparaît dans mes mots et mon impulsivité. De la main droite, je n'ai plus de sensibilité au bout des doigts à force de trop ronger. J'aurais dû me ronger le cœur. De l'autre main, je mets l'index dans mon nez et du majeur je fais *fuck you*. C'est con de se fouiller dans le nez à mon âge. Au moins, je me cache pour faire ça. J'irai peut-être assez profondément pour secouer mon cerveau et ses idées de crotte. Je fouillerai peut-être assez profondément pour trouver quelque chose de moins dégueulasse.

Je n'avais pas de bonnes valeurs en partant, j'essayais de me refaire une éducation, mais j'avais perdu le sens de ma vie, égaré quelque part entre la pauvreté pis du pas propre. J'avais commencé ballote, et je grandissais en conservant la balle. J'étais une pomme pourrie d'un arbre pourri.

Un soir, j'avais trop fumé de beuh, je me suis évanouie. Black-out total, psychose. Je me suis réveillée dans un lit d'hôpital. Un vrai lit d'hôpital, pas minable, avec des infirmières apeurées qui me font, elles, sentir minable. Je ne pouvais pas sortir parce que je devais subir leurs tests avant de recevoir mon congé. Je remplissais des esti de questionnaires abrutissants dans l'inconfort de ma petite jaquette bleue qui montrait mes fesses. Il m'était interdit de faire des blagues : tous les médecins, spécialistes, psychiatres, tous ceux en jaquette blanche prenaient tout au premier degré. Malgré leurs hautes études, ils avaient le profil bas et manquaient d'humour. Je n'avais pas le droit de dessiner une tête de mort ou un pendu ni de gribouiller les mots « *fuck you, kill them all !* ». Mais j'avais le droit de montrer mes fesses pis de chier par terre !

Leurs diagnostics m'ont appris que j'étais borderline, bipolaire et dépressive. Est-ce que je venais de gagner la loterie de la maladie mentale ?

Est-ce que c'était comme obtenir les trois cerises dans une machine à sous ? Tant qu'à y être, vous n'avez pas quelque chose de plus croustillant, de moins commun, de plus effrayant ? Avec la vie qui comporte naturellement ses hauts et ses bas, je trouve cela assez banal en tant qu'être humain d'avoir les miens. Mon essoufflement et mon étourdissement ne sont pas très improbables, quand on pense au rythme effréné de la vie. Des médicaments pour être normale ? Ils pouvaient pas me prescrire un environnement, une éducation et des parents que l'on dit normaux ? Ils allaient me rendre folle à me bourrer d'ordonnances. Je préférais le déni intentionnel et l'effort d'un quotidien soutenable. Je choisissais mes gros traits barbouillés plutôt qu'un portrait flou de ma personnalité. J'allais aimer où ça manquait à l'intérieur de moi ; remplir le vide par de l'amour ou de la *bullshit* dignement acquise. À ma sortie d'Albert-Prévost, avec la bouche toute pâteuse, j'ai crié ma vie, j'ai essayé de cracher par terre et j'ai balancé au large tous mes médicaments et mes ordonnances. J'allais devenir le contraire de mes prédispositions. En espérant devenir aussi le contraire de mes parents.

Franchement déçue d'avoir passé deux semaines dans cette maison de cinglés pour me faire dire des choses que je savais déjà. Je leur ai avoué, aux spécialistes du crâne : « Ouin, ben y a une voix dans ma tête qui me dit que vous avez pas rapport pis que c'est juste de la grosse marde. Faque vous rajouterez schizophrène et scatophile sur votre p'tit rapport de papier ! »

Et c'est drôle, mais la voix dans ma tête est souvent celle d'Yves Corbeil[1], tsé le Spécialiste.

---

1. Acteur de doublage québécois, animateur de *Roue de fortune* et porte-parole des électros Corbeil, magasin dit « le Spécialiste ».

La télé

Chez nous (peu importe le chez-nous, tant dans les appartements de Burgundy que dans la maison de la Rive-Sud), la télévision était toujours allumée. Elle était tout l'temps en marche et tout l'temps trop fort. Le téléviseur rivalisait d'intensité avec l'enfant le plus turbulent de la maison (moi). Le matin, dès que ma mère se levait (mon père, lui, restait couché), elle allumait l'appareil et le gardait ainsi sous tension toute la journée. Et la nuit, mon père fermait ses yeux devant. Jamais à off, la télé roulait pratiquement vingt-quatre heures par jour, sept jours sur sept, le contraire d'un BS finalement. Si une journée mes parents se plaignaient que la télé n'avait rien d'intéressant à leur offrir, ils l'écoutaient quand même. À la manière de Dieu, elle était omniprésente. Dans chaque pièce, une télé demandait à se faire entendre. Elle nous haranguait pour qu'on prenne de ses nouvelles :

« Allez ! Agenouillez-vous devant moi, mes fidèles spectateurs, j'accommoderai votre vie sur terre. Admirez-moi ici dans la cuisine, ici près du lit et ici face à la bolle de toilette ! »

On a toujours eu le câble, malgré le fait qu'on était pauvres. Mal se nourrir ou mal se vêtir n'était pas un frein à l'élan passionné de mon père pour les chaînes télévisées. Payer le câble au lieu de payer le loyer était monnaie courante. Bell, Vidéotron, ExpressVu, Illico, Vidéoway, antenne satellite, antenne parabolique, Super Écran, Canal Famille, TQS, Télé-Métropole, les petites, les grandes chaînes, les communautaires, les payantes ; je les ai toutes vu passer. En veux-tu, des canaux, en v'là ! De quoi noyer Venise, crisse ! Dans ma demeure, la télé me parlait plus que ma propre famille. On m'a assise devant elle dès mes premiers jours de vie. Elle nourrissait aussi mes repas, je partageais régulièrement mon assiette avec Bernard Derome, Pierre Bruneau, Simon Durivage, Jean-Luc Mongrain...

La télé jouait tout le temps. Jamais en sourdine, toujours bien, bien fort. Malgré tous ses décibels, elle n'arrivait pas à enterrer les cris, les sacres et les pleurs. C'était une trame sonore obsédante qui m'agaçait sans que je sache pourquoi. Le son du téléviseur meublait l'espace. Et l'espace entre nous. Pour qu'on s'entende moins. Pour qu'on se parle moins. Pour qu'on minimise nos interactions. Pour qu'on oublie notre vie et qu'on se concentre sur celle des autres, qui vivaient don' mieux. La vie en 4:3, c'est meilleur pour l'âme, ça ralentit les réflexions et brouille les perceptions ; faque on voit moins à quel point notre vie, c'est de la merde.

Il y a une tristesse infinie derrière une télé toujours allumée qui gueule son besoin d'attention, mais qu'on ne remarque plus. Pourquoi mes parents ont toujours fait ça, ouvrir une télé sans la regarder ? Je pense que ça les faisait se sentir moins seuls. Comme s'ils avaient du mal à vivre avec eux-mêmes. De la misère à s'entendre ensemble. Ils n'ont jamais écouté le silence. Ils ne savent pas apprécier le calme.

Quand ils vont mourir, j'ignore si ce sera le film de leur vie qu'ils verront ou un montage de toutes leurs émissions stériles. Tous ces programmes qui ont passé en boucle dans leur inconscient et ont envahi leur esprit à faire grincer leurs neurones. Pour musique funèbre, je leur servirai un medley des meilleurs jingles de pub. J'espère qu'au ciel, Dieu a le câble et une esti de grosse télévision plasma avec le son surround, HD, 3D, 4K pis toute.

Burgundy

Durant ma jeunesse, j'ai fait du théâtre. Je voulais devenir comédienne. Malgré un certain talent, au fond, je ne souhaitais qu'être regardée et écoutée par mes parents. Qu'ils soient fiers et m'accordent enfin plus d'attention qu'à la télé.

L'Amour avec un grand A[1]

Même si j'adorais la télédramatique de Janette Bertrand, l'amour (grand ou minuscule) était un concept assez flou dans ma tête. Ça avait l'air tellement beau et si intense à la télé, mais dans la réalité, c'était assez banal. Pas de quoi fouetter un chat ou frapper son enfant. Je mélangeais souvent amour inconditionnel et obligation parentale. Mes parents, fondamentalement, étaient obligés de m'aimer, même si j'étais détestable, mais dans le concret, par leurs actions quotidiennes, ils ne se sentaient pas obligés de le montrer. Peut-être n'étaient-ils que maladroits ? C'est pas donné à tout le monde de savoir aimer et surtout de savoir comment aimer.

---

1. Titre donné à un ensemble de télédramatiques québécoises diffusées entre 1986 et 1996 sur Radio-Québec et écrites par Janette Bertrand.

Il faut dire, a priori, que je n'étais pas très aimable, mais en revanche, maudit que j'en voulais de l'amour ! Sous toutes les formes, de toutes les façons possibles : des câlins, des chatouilles, des sourires, des remarques positives, des regards doux, une main sur la mienne ou sur ma nuque, des *je t'aime* abondants. Ces gestes d'affection, je trouvais ça beau chez les autres, et je regardais ça de loin avec envie. Dans ma famille, on faisait pas ça, ça faisait homo. Il fallait que je devine qu'on m'aimait. Il y a du pain sur la table : c'est un signe d'amour. Mes parents divorcent pas, c'est parce qu'ils s'aiment, voyons. Secrètement, j'ai toujours souhaité que mes parents divorcent, pour être comme les autres jeunes de mon époque, mais surtout parce que leur malheur débordait sur le mien. Leurs disputes, leurs cris et leurs sacres dépassaient largement la capacité du supportable. Ils n'ont jamais eu l'air de s'aimer. Même pas à Noël.

J'ai aussi longtemps espéré que mon père disparaisse comme les autres pères de Burgundy. Quand il partait au dépanneur s'acheter de la bière, des cigarettes ou des chips, j'espérais qu'il parte pour de bon. Je regardais par la fenêtre, mais dès que je le voyais revenir au bout de deux, trois, cinq minutes, mon excitation se dégonflait. Des fois, il allait au dépanneur super longtemps.

À un moment donné, il est parti au dépanneur vers 15 heures et n'est rentré que le lendemain autour de 17 heures. Durant cette absence, je jubilais. J'étais convaincue d'être enfin libérée de cette nuisance familiale. Ma mère aussi perdait la tête, mais pas de la même façon – je ne comprenais pas tellement entre quelles émotions elle balançait. Elle disait : « Si y est pas r'venu avant telle heure, j'vais mettre son portrait sur les pintes de lait ! » Elle aurait eu plus de chance sur des bouteilles de bière, mais bon. Le problème, c'est qu'il est revenu. Il revenait tout l'temps. Férocement entêtés, mes parents sont toujours restés ensemble, à continuer de s'engueuler et à m'envoyer une idée fausse de l'amour. Un couple, comme une famille, c'est supposé s'aimer, me semble. Faut croire que j'étais un brin accaparante de vouloir des choses gênantes comme des bisous pis des caresses. Pis les voisins auraient pu penser qu'on était incestueux.

Mes instants d'amour privilégiés étaient lorsque ma mère mettait de la glace sur mes coquarts quand je mangeais une volée dans l'arrière-cour. Ou qu'elle tamponnait mes égratignures avec du mercurochrome lorsque je tombais de vélo. Mes plus beaux moments de tous étaient quand ma mère me nettoyait les oreilles. Je renversais ma tête sur ses genoux, et, ses mains autour de mon visage, elle me versait du peroxyde dans l'oreille. J'entendais sa voix en sourdine comme si j'étais encore une espérance dans son ventre. Et elle me massait l'oreille avec un coton-tige. Ça faisait du bien. J'étais vraiment bien. Ses gestes étaient délicats et bienveillants. Ensuite, j'offrais l'autre oreille et ça recommençait. Quelques secondes de béatitude, de calme, et de propreté. J'aimais vraiment me faire curer les oreilles. À un point tel que je demandais ce soin quotidiennement. Je ne sais pas si ç'a un lien, mais j'ai jamais eu d'otite.

Elle était gentille comme ça, ma mère.

Mon père m'a toujours évitée. Pendant la brève période où il a eu un job de soir, et même celle sans emploi, il dormait toute la journée. Même présent, il réussissait à être absent. Mon père était toujours couché. Les enfants, ça l'énervait trop. Il se levait vers 15 heures et se recouchait à l'aube, vers 3 heures. De cette manière, il s'assurait de rester un homme, c'est-à-dire loin des enfants et proche des tavernes avec d'autres hommes comme lui. Pis leurs bières. Jamais mon père n'a assisté à l'une de mes pièces de théâtre ou à l'une de nos parties de hockey avec mes frères. Il ne nous encourageait pas. Dans rien, ni dans nos études ni dans nos activités. Ni dans nos bêtises, au moins. Tout ce qui l'intéressait était ses affaires à lui, ce qui le concernait lui et juste lui : sa bière et sa télé ; rien entre les deux. « Tasse-toé 'd'vant la tivi, t'es pas transparente, câlisse ! » Je l'sais ben, maudit niaiseux ! Si je possédais le pouvoir d'être invisible, fait longtemps que je lui aurais fait des crocs-en-jambe en cachette. C'était pourtant tellement drôle quand il tombait en se décollant du divan. Il n'arrivait pas à faire avancer ses pas, l'alcool lui ayant trop fait tourner la tête. Les seules fois qu'il me faisait rire.

Je n'avais pas le droit de jouer quand il regardait une émission, pas le droit de parler fort ou de chanter quand il dormait et pas le droit d'exister quand il buvait.

Et lui, il a eu le droit d'avoir des enfants.

Il nous aimait peut-être pas. Ma mère avait beau essayer de nous défendre, « C'est juste des enfants ! », rien à faire. On était de trop. Des fois, je pense que ma mère aurait dû lui acheter des poissons rouges à la place. Encore là, je suis pas mal certaine que les poissons auraient levé l'ancre en se lançant hors du bocal afin de respirer un peu et de mourir en paix.

Un jour, j'en ai glissé un mot à ma mère, du manque d'amour et d'affection. Ça devait faire partie d'un de mes stupides exercices de psychothérapie. Sèche et distante, elle m'a répondu :

« On n'a jamais été des colleux chez nous, tsé. »
« Mais justement, ça te tentait pas de faire différent, vu que t'en as sûrement souffert toi itou ? »
« C'était pas la façon de faire. À l'époque, tsé. »
« … »

Je n'ai pas poussé plus loin les questionnements, je n'ai pas investigué plus longuement les raisons de mes angoisses. J'ai arrêté les si et les reproches. J'ai seulement affirmé que je n'allais jamais élever ma descendance comme ils m'avaient élevée. J'allais aimer. Aimer solide. Avec les câlins, les sourires, les bisous, les chansons, tout. Quitte à m'humilier sous le regard des autres. Je maternerais comme j'aurais aimé l'être. Mais pour donner de l'amour, ça demande de l'amour.

Histoire sans fin

Je suis retournée dans le pays de mon enfance. Une fois. Ça m'a suffi. Je suis descendue à la station de métro Georges-Vanier. J'ai refait les trajets, j'ai arpenté à nouveau les chemins parcourus mille fois. Mais dans de plus grands souliers et avec de plus grands pas. Je soutenais une cadence d'adulte pressée qui ne veut plus regarder derrière soi. Mes appartements, celui de ma grand-mère, mon école, le parc… Des points de repère devenus des points de suspension. Je décevais l'enfant en moi à mesure que je marchais. Ces lieux jadis mémorables étaient devenus plus laids, plus pauvres et plus médiocres encore. Aucune amélioration n'avait eu lieu. Tout était pire que dans mes souvenirs ; des ruines déracinées et laissées dévorées par de la vermine résiliente. Constater la détérioration de l'enfance, rencontrer le misérabilisme de soi. Je n'aurais pas dû revenir.

La pente raide que je dévalais à toute vitesse sur mon vélo à l'époque était si minuscule. À peine une dénivellation, aucune raison de s'y péter la gueule, ni même de donner lieu à des blessures minimes. Les cachettes de mes jeux m'apparaissaient soudain tellement évidentes. Les arrière-cours dans lesquelles j'avais traîné étaient si dégueulasses. J'avais peine à croire m'y être déjà amusée. La naïveté sert l'enfance.

J'avais juste envie de cracher par terre et de remaudire ce quartier. Mais les trottoirs étaient si crasseux que mon crachat aurait seulement accentué le manque de classe dont témoignent détritus, vomissures, seringues, mégots, éclats de verre et puanteur.

Je ne ressentais pas la nostalgie d'y avoir laissé quelque chose. Je n'ai aucun ami d'enfance. Ils sont en prison, en probation ou en prostitution. Je n'ai rien manqué. Je ne sais pas ce qu'aurait été ma vie si j'étais restée dans ce bled perdu. Elle n'aurait guère été mieux que celle des autres (et je ne ferais sans doute pas de phrases avec le mot « guère » dedans).

J'ignore à quoi sert d'écrire ma vie, de tracer mon enfance et de trahir ma famille. Ça finit toujours mal, ces histoires-là. Je ne connais rien à la généalogie, à la tradition ou à l'héritage. Je ne connais pas la majorité des concepts et des idées abstraites que l'on se transmet entre êtres humains. Je ne sais pas si je finis bien ou mal, si je vais respecter ou non le même schéma de merde. Devenir comme Burgundy ? Devenir comme mon père ?

Ce qui me désole n'est pas de constater que mon histoire est sans finalité, mais de percevoir qu'elle est remplie de fatalité. La vie ne fait pas de cadeaux. Elle te relance ta merde. Trop souvent. Défaite, j'avoue cette triste réalité : on finit par ressembler à nos parents. J'ai voulu frimer, me croire meilleure que les gens de Burgundy, me rapprocher de la fraîche-pet, recouvrir la crasse d'une belle nappe dorée. Je me suis raconté des histoires, je me suis fait des illusions.

Au fond, il n'y a même pas de fin à mon histoire, il n'y a même pas de morale. Rien. C'est juste la mienne, et puis voilà. J'ai toujours eu du mal avec les fins. J'haïs ça quand quelque chose doit se terminer ; dans les histoires, dans les relations. Et comme dans les livres, souvent j'interromps ma lecture à peu près ici, là où vous êtes rendus dans celui-ci. Je range le livre pas terminé et j'imagine alors plein de suites. Comme si l'histoire ne s'arrêtait jamais. Vous pouvez vous arrêter maintenant vous aussi. Dans votre tête, la finale pourrait être meilleure. Je ne le prendrai pas personnel.

Au cinéma, j'ai toujours pleuré pendant les génériques de fin avec sensiblement la même émotion que lorsque je termine la saison d'une série télévisée. Le fondu au noir, la musique, le défilement des noms, ça m'émeut. Émeu, comme le gros oiseau, je pousse des sons bizarres, je suis disgracieuse pis à côté de la plaque. Peut-être parce que je m'attache trop aux personnages, et que je ressens de la tristesse lorsque notre relation, aussi fictive soit-elle, prend fin. Mes réactions sont encore plus tragiques au théâtre : je pleure à gros sanglots et à gros écoulements de morve lors des salutations. Le trop-plein d'amour que les artistes reçoivent à ce moment-là me donne des frissons et me touche singulièrement. Ça me fait pleurer, chaque fois – un mélange de peine et de joie, de reconnaissance et d'envie. La prestation me semble souvent trop grande devant la petitesse de mon émotivité. De belles phrases faites de beaux mots qui s'enchaînent ne devraient jamais se conclure par un point.

Épilogue

Je me « dépetitebourgogne », je me « dépetitebourgogneriserai », je me « déburgundyse ». Ce n'est pas un exercice de diction, je ne me délie pas la langue, j'essaie juste de maintenir les notions de savoir-vivre que j'ai acquises jusqu'ici. J'essaie de devenir une meilleure personne en m'en remettant à un certain déni. Pour mieux survivre. J'enterre mon enfance comme on enterre un membre de la famille dont on se contrefiche.

Je ferai mieux. Ma grand-mère a mieux fait que l'arrière-grand-mère. Ma mère a mieux fait que ma grand-mère. Je ferai mieux que ma mère. C'est peut-être ça, la transmission du savoir et de la réussite sociale. L'atavisme de désirer mieux faire. Un matriarcat silencieux où l'on se communique nos dégoûts pour se refiler ce qu'il y a de moins pire. On avance, obligées. On avance les dents serrées, les poings fermés avec la fierté des amochées. On a fait de notre mieux.

Burgundy, seras-tu mieux ? Avec Griffintown qui t'encercle, tu n'es plus qu'un ghetto. Les immeubles de luxe et les lofts branchés resserrent leur étau sur ta petite gueule de voyou pis t'es trop lâche pour te battre. T'es tellement fatiguée de perdre que tu te laisses faire. Ça serre tellement sur ta gorge, t'étouffes. Tu vas te lever un matin, tousser plus que d'habitude avec tes quintes de fumeur têtu pis on va t'écrabouiller comme un vieux mégot. Le cancer que tu es va t'avoir dévorée de l'intérieur. Ça ne peut pas bien finir, ton histoire. Tu en as trop vécu, tu en as trop vu. Vaincue. Tout est déjà mort en dedans de toi.

Burgundy, tu pues. Quartier de malfamés et de malaimés, je t'haïs. J'ai envie de te faire subir l'humiliation que j'ai connue, de décrier ton horreur à la ville entière et de t'injurier devant tous. De te faire subir le même sort qu'à Grosse-Conne, ma poupée Bout d'Chou.

Mère patrie. Mère partie. Père jamais été. Enfance mal été. Moi mal partie. Mère patrie. Je voudrais être partie pour de bon.

Burgundy, je t'haïs.

Chez toi, j'ai gâché ma vie.

Chanson mystère

1er janvier 2000, il n'est même pas midi, je sors d'une grosse rave commerciale au Centre Molson. J'ai une perruque argent qui brille sur ma tête. Le soleil dehors tranche trop avec les *light sticks* d'en dedans, faque je mets mes lunettes vert fluo. J'ai même pas le temps de voir : trois voitures de police m'encerclent. J'ai pas le temps non plus de dire tabarnak : je suis menottée. Ils fouillent mon sac à dos. Il me restait encore pour quatre cents dollars de pilules, qu'ils saisissent immédiatement ; c'est leur métier. Ils prennent aussi les deux mille dollars de profit savamment enroulés dans un élastique et pas assez savamment cachés dans la petite poche du même sac à dos. « Vous êtes en état d'arrestation. » Je garde le silence, parce que c'est tout ce qui me reste, crisse. Je me trouve conne en esti. Je le savais, que j'aurais dû me contenter de vendre du shit pis de voler des livres.

Je voulais faire du cash rapide pour bien commencer l'année 2000, ce futur prometteur avec ses accents de fin du monde. J'étais pas encore majeure aux États-Unis et j'avais déjà pas le droit d'y mettre les pieds. Voilà mon bug de l'an 2000 : un beau dossier criminel. Bonne année. Photos de face et de profil, empreintes, uniforme trop grand et trop sale, je commençais l'année en prison à Tanguay. J'ai pleuré. Sans arrêt. Ma voisine de cellule, elle, elle vomissait sans arrêt. Ça ressemblait à Burgundy : même odeur, même ambiance, même monde, mais sans terrain vague. Ma première visite, c'était ma mère pis l'avocat. C'est pas comme dans les films, y a pas de vitre pis de téléphone. On était assis sur des chaises autour d'une table bétonnée. J'allais pouvoir sortir dans quatre mois. Ma mère est revenue me voir le mois d'après, toute seule avec les yeux rouges et la voix enrouée. Elle m'a dit que mon père aussi s'était fait arrêter. Qu'il était incarcéré à la prison de Bordeaux pour six ans. J'ai pas entendu le reste de ses mots, parce que le frisson qui me parcourait le corps était trop bruyant. La racine du mal. Câlisse. Je suis mon père. Aucun rapport avec *Star Wars*. C'est pas de la fiction, c'est vrai. Je suis comme lui, tabarnak.

Je sais pas si, à ce moment-là, je l'haïssais davantage ou si je l'aimais davantage. La haine ou la sympathie, cette ligne mince avec laquelle j'essayais de dessiner le portrait de ma famille.

Ma mère parlait plus. Son regard était la chose la plus troublante que j'aie vue de ma vie. Comme si elle avait entendu mon gros frisson. Elle constatait elle aussi la racine du mal en dedans de moi. Elle semblait impuissante. J'ai juste pu lui souffler un « C'est pas ta faute, m'man ».

Quand je suis sortie de Tanguay, je suis allée tout de suite visiter mon père. Je sais pas pourquoi. J'avais peur de tout sauf de lui. Les barreaux, c'est ça que ça fait ; à la longue, on finit par croire qu'ils nous protègent pis tout ce qui se retrouve dans l'enceinte est comme nous. Et tout ce qui est en dehors ne nous comprend pas.

Mon père a souri quand il m'a vue, un sourire avec des yeux humides. On n'a pas parlé de Tanguay. Il m'en voulait pas. Il me disait qu'il faisait des démarches pour sortir plus vite, qu'il y avait des « c'pas juste » et des « y ont pas l'droit d'faire ça » dans son arrestation, blabla. En effet, le chef d'accusation de gangstérisme a été abandonné, de même que celui de production de drogue. Pourtant. Enfin, bref. Il lui restait trois ans et des poussières à purger pour voie de fait sur un agent de la paix et vente de stupéfiants. OK.

Je lui ai souhaité bon courage pis j'ai marmonné des « ouin, ben » signifiant que je devais partir. Il m'a dit : « Je t'aime, ma fille. » Je l'ai regardé. Il pleurait. C'était le silence le plus enveloppant de ma vie. « Moi aussi je t'aime, p'pa. »

Cet ouvrage a été composé par PCA

Imprimé en France par
CPI BUSSIÈRE (18200 Saint-Amand-Montrond)
en février 2022

pour le compte des Éditions J.-C. LATTÈS
17, rue Jacob – 75006 Paris

N° d'édition : 01 – N° d'impression : 2063320
Dépôt légal : mars 2022
Imprimé en France